富良野風話

日本人として

倉本聰

財界研究所

もくじ

覚悟

東日本大災害のニュースを連日否応なく見続けている。

津波にあって全てを失った東北地方の人々が、被災者同士で助け合う姿。自分の所は恩恵を受けていないのに原発事故で苦しむ福島の人々。その原発の放射能の恐怖で買占めに走る東京の人々。それらの諸々の事象の中から僕の中に浮き上がった一つの言葉がある。

「覚悟」という言葉である。

第一次産業に従事する人々には、天災に対する覚悟がある。自然の気象に常に左右され、ふりまわされながら生きている人々には、どこかにそういう潜在的覚悟があり、だからこそ悲惨のどん底にあっても涙に耐えながら助け合うというある種の潔さがあったのではないか。

それに対して都市に住む人々の覚悟の程は果たしてどうだったか。

都市の人間（いや、都市に限らず今の日本人）が、これだけの豊かさ、夜も煌々たる光に満たされ、テレビやパソコンや電化製品を使いたい放題に使いまくり、そのための電力を賄うためにはどうしても原発が必要になる。そういう世の中に安住する以上、今回のような原発事故が起こり得ることには、相応の覚悟が必要だったのではないか。その覚悟をみんな果たして持っていたか。それが罪もない福島の人達をこういう悲劇に曝してしまった以上、彼らに対してつぐなう覚悟があるか。育てた野菜を全部土に埋め、採れた牛乳を廃棄させられて生計の道を失った福島の農民に、自らつぐなおうという覚悟があったか。いや、あったかではない、これからあるのか。それを東電と国の責任に押しつけるだけでなく、今改めて自らの責任を感じ、自らつぐなおうという覚悟があるか。

総理大臣や政府閣僚は、権力の最高点に上りつめた時、その満足感の代償にそうした覚悟を持たされた筈だが、派閥闘争や権力争いに明け暮れるばかりで一向その覚悟を示してくれない。これは一体どういうことなのか。

覚悟を持たない人間は、この期に及んでも他人事のように思っている人間は、今後この豊かさを享受してはいけない。原発の危うさを覚悟しない人間は、今後その原発が生み出す電気を今までのように使う資格はない。

液状化現象の街が示すように、文明社会は明快な砂上の楼閣である。それを承知でその楼閣に住もうというものには、それなりの覚悟が必要なのだ。

だが今、過去を責めるべき時ではない。

我々は覚悟を認識し、ここで改めて新しい覚悟を持ち、東北再生、日本再生へと新たな一歩を踏み出さねばならない。石原慎太郎・東京都知事が言ったように、これは我々への天罰だったのだ。敗戦後の我々の先達がしたように、瓦礫の山を一つずつ崩しながら、原発をどうするか、流された町たちをどうするか、故郷を失った人たちをどうするか。そうした未来への再生を、覚悟を持って始めようではないか。

（2011年4月19日号）

馴《な》れる

少しまだ気の早い議論かもしれないが。

復旧という言葉が安易に世間で騒がれている。どうもこの言葉が気になって仕方ない。復旧とは、元に戻すという意であろう。それが緊急の課題であることはよく判る。インフラ、ふるさと、生産地の蘇生。それらを元へ戻すということは、被災地にとって火急の仕事であろう。しかし僕にとって気になるのは、日本人が震災以前の暮らしの様式、平和と豊かさにどっぷりひたっていたあの生活に戻ることを復旧と考えていはしまいかということである。

あのままの暮らしをまた求めるなら、どうしても原発は必要となり、再び想定外の大事故の可能性を覚悟しなければいけないこととなる。「そうは言っても」というあの常套句を偉い人たちは言うかもしれない。だが、そうは言っても、と言っている限り、前例に従う姿勢は崩せず、世の中は再び元に戻ってしまう。

明治維新による幕藩体制の崩壊。第二次大戦後の敗戦による既存概念の全き破壊。それに対して今回の大災害を第三の敗戦と位置づけるなら、前二回の時の復興のように、我々はこれまでの既存概念を根本的に改める必要がある。今回が前二回と少々ちがうのは、その破壊と恐怖が東日本に限られていることで、果たしてこれが日本全土にとっての切迫した事態ととられているかどうかということである。即ち日本人の豊かさへの反省。

少し昔へ戻ることは出来ないか。

この設問は何度かくり返され、しかしその都度一度得た豊かさ、便利さは捨てることは不能という安易な否定論に潰されてきた。今日もまた新聞の論説が、消費をすすめることが復興の一歩という創意なき論を叫び出している。これは、旧のままの精神に戻れと言っているに等しい。旧のままなら事故はまたくり返す。それでは敗戦と復興にならない。

何人かの声を東京から聞いた。

東京の街は暗くなった。最初暗くて恐かった。だが三日、四日と経つうちに、段々その暗さに目が馴れてきた。目が馴れると同時に、今までの明るさは眩しすぎたのではないかと思うようになった。この薄暗さの方が今の自分には落ち着いて思える。

別の人はこうも言ってきた。

この程度の薄暗さになら我慢できる。いや、もう少し暗くても我慢できる。自分は少しずつ昔に戻れている。

馴れてきた、ということの言葉が、僕には重要なキーワードに思えた。灯火管制のあの時代から僕らは照度を取り戻し、最初は眩しくすら思えたものが、次第にあたりまえの明るさに感じられ、更に更にと光量を増す日本に少しずつ少しずつ目を馴らしてきた。今逆に都会の光量が落ちた時、今度はその暗さに目が馴れてくる。少し昔へ戻るということは、単純に言えばこういうことではないか。

東京の夜空に天の川を見ることを、真の豊かさと思うことはできないか。


(2011年5月10日号)

ゴミに非ず

東日本大震災の現場で、無名の民間ボランティアの方々が連日瓦礫の整理を黙々とされている。朝集合するその方々に、ボランティアのリーダーが伝達するブリーフィングの一言に、心を突かれる一言があった。

――みなさん、被災者の方々の前で、ガレキとかゴミとかいう言葉は絶対使わないようにして下さい。たとえそれが我々にとってガレキやゴミに見えたとしても、被災者の方々にはあくまで大切な財産の一部なのですから。

自分にもそれが、うんざりするような瓦礫の山に見えていたから、心をズキリと刺された気がした。我々にはそれらが単なる瓦礫やゴミに見えても、津波によって砕かれた梁や柱や一つ一つの家具・調度品は、被災者の方々のそれまでの人生が思い出と共に刻みこまれた一生かけてのアルバムであるにちがいない。

避難所を訪れて頭を下げ、罵声を浴びて退散する総理や東電の社長たちの頭に、果たしてそうした被災者たちの、失ったものの大きさへの想像が掠《かす》めることがあったのだろうか。そうした想像が全く無くて只機械的に謝罪してみせるから、あのように無残な対面となって見るものに後味の悪さだけを残すことになるのではあるまいか。

放射能汚染に怯える原発近辺の人々を対象に、せめて事態の落ち着くまで学童たちの集団疎開を富良野界隈で受け入れようという民間プロジェクトを設立し、福島の地元紙、福島民報と福島民友に記事を出していただいたところ、アッという間に応募者が集まった。行政もそれを支援するといってくれていたのだが、いざとなったら避難指定区域の住民に限ると態度を変化させ、僕らをあきれさせた。農産物の出荷停止は指定区域外に及んでいる。それらの家族、あるいは今後そうなるという可能性に怯える近隣の児童を支援の対象から外すというのか。怒気を抑えて説得しつつ、民は行政の杓子定規に官への不信感を募らせている。

上へ話を持って行くことで何とか歩み寄りを見せつつあるものの、善意の民が窓口へ持って行くと窓口は規約をふりかざして民の善意を無視しようとする。行政の窓口にいる者は、人としての一個の善意を持とうとせず、ひたすら施政官の立場を貫こうとする。人間の顔を見せようとしない。彼らはそこに前例にないものを創ろうとすると、その時に生じる手続きの煩雑さ、上司との軋轢等々を考えて手を触れぬことを是とするのだろうか。これが我々の税金で養う行政官の姿だとするなら、社会においてこれは不要である。

行政の人間の場合だけではない。

政治、企業、あらゆるものの中で、組織の中のヒトという生き物は、自身の意志より上司の、組織の利益・立場を優先するものらしい。故にそれ以外は、どうも一山の瓦礫に見えるらしい。

しかし我々は只のゴミではない。

（2011年5月24日号）

一億総懺悔

福島の原発事故はその後浜岡原発停止という異常な事態へと発展し、益々混迷を深めている。社会もマスコミも苛立ちと怒りをあらわにし、政府や東電への責任追及に忙しいが、議論が我々日本人自身のそもそもの責任へと向かって行こうとしないのは何故か。

今こそ我々は、刹那的豊かさを求める余り、原発を必要とするまでに電力消費量を上げてしまった自らの暮らしをふり返り、反省するチャンスに立たされているのではあるまいか。

一億総懺悔という言葉がある。

敗戦直後に流行した。

敗戦直後の初めての皇族内閣、東久邇宮稔彦首相の、八月二十八日に行った記者会見の言葉に基づいている。

「私は軍官民、国民全体が徹底的に反省し、懺悔しなければならぬと思う。全国民総懺悔することがわが国再建の第一歩であり、わが国内団結の第一歩と信ずる」

更に九月五日の国会演説では次のような言葉を述べている。

「敗戦の因って来る所は、もとより一にして止まりませぬ。前線も銃後も、軍も官も民も総て、国民ことごとく静かに反省する所がなければなりませぬ。我々は今こそ総懺悔し、神の御前に一切の邪心を洗い浄め、過去を以って将来のいさめとなし、心を新たにして、戦いの日にも増したる挙国一家、相援け相携えて各々其の本分に最善をつくし、来るべき苦難の道をふみこえて、帝国将来の進運を開くべきであります」

この一連の発言を受けて当時の新聞が「一億総懺悔」という言葉を積極的に使い始め、流行語に押しあげてしまうのだが、たとえば翌九月六日の朝日新聞のコラムは「――このお言葉を戴いて、本欄〝天声人語〟と改題し、今後ともに匪躬の誠心を吐露せんとするものである」。天声人語はこれを契機に生まれている。

さてこの、当時の首相の発言が天声人語として今語られるならどうなるのか。

「軍官民」は、「政・財・科学」と置き換えられねばならぬのではあるまいか。「我々は今こそ総懺悔し、神の御前に一切の邪心を洗い浄め、過去を以って将来のいさめとなし――」は、「我々は今こそ総懺悔し、神と自然の前に一切の傲慢、欲望を洗い浄め、身の程知らずの便利さを望まず、身の丈以上の豊かさを求めず、人智を過信する慢心を捨て過去を以って将来のいさめとなし、古来の謙虚さ、つつましい暮らしに再び立ち戻る覚悟を新たにして――」。こんな風になるかと思うのだが。

　国家が崩潰から立ち直ろうとする時、既成の思想を一度捨て去り、零から、海抜零地点から改めて思想を組み立て直さねば駄目である。経済が、景気が、といった前提は、思考の順序として、どうも僕にはその場しのぎに思える。前提自体を捨て再考し直さねば、改革・再出発の礎にはなり得ない。

（2011年6月7日号）

70センチ四方

一時帰宅を許された立入禁止区域の被災地の方々が、70《チセン》四方のビニール袋に入るだけの財産を持ち帰ることを許可されたという。

なんとも切ない話である。

70《チセン》四方の袋に入るもの。

しばらく立ち入れなかった放置したままの自宅から、さて自分だったら一体何を持ってくるのだろうかと考えこんだ。

以前この欄に書いたことがあるが、『地球家族』という写真集がある。アメリカの写真家が世界各地を回り、それぞれの国の家庭に滞在して、その家庭が所有する家財道具全てをその門前に出してもらって、その前で家族の記念撮影をするというものである。

小さな家に住む日本人が、その門前に隣家の前までに及ぶ無数の家具やら電化製品やらを、どうしてこれだけの量がこの一軒の中におさまっていたのだろうと感嘆するぐらい大量の物を山積みしている写真を見てショックを受けたのを覚えている。たしか蒙古では所有物３００。それに対して日本の家庭には６０００以上のモノがあったと記憶する。その６０００の所有物の中から70センチ四方のビニール袋に入るだけのものを選べといわれたら、誰しも頭を抱えてしまうのではあるまいか。

　電力15%削減の方針を受けて、今、富良野自然塾ではスタッフ一同その家族まで含め、それぞれの家庭に所有する「電気を使うモノ」の仕分け作業を行っている。

　約３００の電化製品を摘出し、それぞれがくう消費電力量を調べ一覧表を作ったうえで、すでに必需品となっているものに◎、あった方がいいものに○、なくてもいいものに×をつけるという作業なのだが、いざやってみるとこれが結構個人の意見の分かれるもので、たとえばテレビの待機電力、リモコン、乾燥機、掃除機、加湿器、除湿器、空気清浄機、電気毛布、ハンディクリーナー、デスクトップパソコン、固定電話等々、僕が迷わず×をつけても、それぞれの立場で反対意見が出る。そこで、一体それによって

「何を得た?」という分類をしてみると、健康、スピード、快適性、快楽、安全、情報等々の項目が出てきて、これまた中々に意見が一致しない。

では今逆に、瓦礫の山から立ち直り、四畳半一間の住空間を持てたとして、とりあえず何から必要であるか、どうしても要るものは何と何か、と。なけなしの金でまず何を買うか、と。

逆の側から意見をまとめようとしている。

今あるものを捨てるのではなく、全く無いところから生活必需品を考えていく。日本全土が焦土となって、日本人全てが素寒貧となり、どう仕事を得、どう稼ぎ、その金でまず何を買うのか。そこから思考をスタートさせないと、今ある豊饒を基準としてあれも捨てられない、これも要ると考えていたのでは、一向変革は進まない。

変革=チェンジには、前例にない巨大な想像力と大胆な覚悟が必要なのである。

(2011年6月21日号)

断《だん》捨《しゃ》離《り》

脱原発、再生エネルギー法案。そんな文言が叫ばれながらも、テレビを見ていると今週のヒット商品などというものが平然と放映され、思わず不覚にも買いたくなるような省エネ商品がずらりと上位を占めている。

扇風機のついた日傘、敷布の中を空気が流れて背中の温度を下げてくれる一件等々。余計な電化製品を家から放逐してしまおうと思っている時に、商売人が次から次へ目の前に下げてくるおいしそうな餌に思わず決意が挫けそうになる。これではいけないと自らの頭を叩いていたら、突然一つの言葉に出逢った。「断捨離」という言葉である。『不思議なくらい心がスーッとする断捨離』（やましたひでこ氏著、三笠書房）の中にある。

断捨離とは、モノを捨て、片付けることで、心のガラクタもすっきり整理し、自分が快適だと感じる環境に身を置けるようにするための方法で、元々ヨガの「断行」「捨行」「離行」という心の執着を断つ、捨てる、離れるという教えから来たものらしい。

いらないものが入ってくるのを断つ。家に溜まったガラクタを捨てる。モノに対する執着から離れ、ゆとりある〝自在〟の空間にいる。モノを絞りこみ、見える世界を整理して行くと、やがて自分の心の中の「見えない世界」までその影響が及んでゆく。空間にゆとりが出来ると気持ちにもゆとりが出来、モノが少なくなると面倒なことも少なくなる。

成程! といたく共感した。

現在自室を見回してみても余分なものが多すぎる。いつか何かの役に立つかもしれないと思って捨てる決心のつかないもの、思い出としてとっておきたいもの、人からいただいたものだから捨てるわけにはいかずとってあるもの。だが、やました氏は著書の中で説く。それは生きることとの重心が「今」「ここ」「自分」に置かれていないからだと。大事なのは「今」という時間軸にそって、必要・適切・快適なものだけを残し、「今の自分」にとって不要・不適・不快だと思うものは捨ててしまえと説いている。神社仏閣には無駄なものがなく、掃き清められた場所では気が浄化されると。成程。

たしかに凡人には断捨離はなかなか難しい。冷蔵庫の中は余分なものでいっぱいだし、ケイタイのメモリーもたまっているし、室内のいくつかのソケットからは、それぞれ蛸足配線によって、さして使わない電化製品に、スパゲッティの如くコードが伸びている。この文を書きつつ突然反省して冷蔵庫の中身の大部分をエイと捨て、ケイタイのメモリーを全て消去し、スパゲッティコードを次々に引き抜いたが、さてその先にある電化製品を捨てたかというと、なかなかそこまで決心がつかない。

だが、近々捨てようと今思っている。どんなに旨そうな餌が来ようと、買うことはやめようと考えている。

脱原発や再生エネルギーを論ずるより前に、僕はそこらからゆっくり始めて少し昔へ戻りたいと思う。

（2011年7月19日号）

夜鳴きゼミ

東京の深夜を舞台にした芝居を持って全国を回っている。その中に真夜中の靖国神社のシーンがある。そのシーンで僕は、しんと鎮まった靖国の境内を描いていたのだが、ある日観に来た東京人に、あそこは深夜でもうるさいぐらいセミが鳴いていますよ、と言われてギョッとした。あわてて何人かの東京人に連絡し、実際に調べてもらったのだが、靖国の境内のみならず、東京都心部では今や夜間にも盛大にセミが合唱しているという。

仰天した。

セミは夜間は鳴かないものと思っていた。事実、昔は鳴かなかった。ところが現在は子供たちに聞いても、鳴くという答えが返ってくるという。これを「夜鳴きゼミ」というらしく、2008年の佐々木洋氏の調査では、ミンミンゼミ、アブラゼミ、ニイニイゼミ、ツクツクボウシの4種だったという。

何故今までは眠っていたはずのセミが、夜間でも起きて鳴くようになったのか。佐々木氏の推理では、都心に闇がなくなったせいではあるまいかという。異常なほどの自動販売機の設置。深夜もとぎれない自動車のライト。コンビニのライト、街灯、ネオン等々、都心部の夜は月の出ない晩でも常に影が出る程の明るさである。故に明るさに反応して鳴くセミが深夜も起きて鳴き続けるらしい。言い換えると、セミが都会人の行動を模して夜も活動するようになったということであるらしい。

僕の住む富良野で子供たちに聞くと、セミが夜鳴くわけがないと言い、僕自身も殆ど聞いたことがない。してみると、セミたちが深夜営業を始めているのは都会の人たちの生活様式の影響であり、そうでなくても短命であるセミが深夜も起きて働くこととなると彼らの寿命はもっと縮まるに違いない。

ナショナルジオグラフィックによれば、セミがうるさくて眠れないという苦情が区役所などに寄せられているそうだし、この現象は明らかに我々人間の健康にも悪影響を与え始めているという。更に自然の生態系にあってはこの悪影響はもっと大きい。

これまで夜の音の世界はコオロギやキリギリス、即ち虫たちの支配する世界で、こうした虫のすだきの主流はオスからメスへのプロポーズの行為なのだから、それがかまびすしいセミの大合唱によってかき消されると、オス虫の愛のささやきはメス虫の耳に届かなくなり、彼らの種の保存に大きな障害となってくる。同時にセミを食べるハシブトガラスやヒヨドリなどの野鳥も、セミの鳴き声に刺激され、夜間でも活発に活動し始めているという。24時間営業は鳥の世界にも今や広がり、更に今後は想定外の野生生物にまで進むかもしれない。

ヒトは経済発展のためにと、夜を昼のように明るくし、活動する時間を延長するが、経済と無縁な野生の命は訳も判らず人間社会を倣い、そうして疲弊していくのであろうか。


（2011年8月2日号）

マグロ

マグロやカツオは、泳ぎ続ける魚として有名である。その理由をモノの本でひもとくと、どうもこういうことであるらしい。

魚は、水の中に溶けた酸素をエラに集めて呼吸している。

金魚など、普通の魚は、口を開いて酸素を含んだ水を取り込んだら、その酸素のみを吸収して次にエラぶたを開き、水の方は外へ吐き出してしまう。この動きを交互にくり返すことでポンプのように水の出し入れを行っているらしい。

ところが、マグロなどは金魚のようにエラぶたをパクパク動かすことが出来ず開きっぱなしのために、酸素を含んだ水をとりこむためには、口を開いて泳ぎ続け、水が口に流れ込むようにしなければならないのだという。つまり呼吸を続けるために泳ぎ続けなければならないのである。これをその道では、ラムジュート換水法というそうだが、即ち泳ぎを止めると窒息死してしまうという。だから彼らは、夜の間も十分な睡眠をとることがなく、やや代謝を低くして遊泳速度を落としながらもひたすら泳ぎ続けるのだという。よって養殖場や水族館などの水槽で飼育されているマグロは、グルグルと一定方向にずっと回り続けることになる。

何故こんな話をしているかというと、どうも我々日本人の中にもこれと共通する性格があって、年中働いていないと不安になる、眠ったり休んだりしていたら気がつかないうちに窒息してしまうのではないかという恐怖があって、故にひたすら働いていよう、何かをしていようという本能があって、それはもしかしたら何億年か前、魚類が陸に上がり、両生類になり、それがどんどん進化して、哺乳類、霊長類、人類と変化していく中のどこかで、このマグロ的生き方の生活習慣が何かのはずみで日本人のDNAの中に刷り込まれた瞬間があって、それが時々顔を出すのではあるまいか、と無知蒙昧な文系の愚者は、乱暴に邪推してしまうのであるが。

今回の原発事故。放射能拡散という非常事態に、未来がどうなるのか誰にも読めない。

ならば消極的対策ではあるが少し昔に戻ってみようよ、進歩ばかりを善としないで後退も善なりと考えてみようよと、周囲に細々と説いて回っているのだが、社会全体、日本人全体に一向その気がないようにみえる。

戦後開発された「日本」というこの車は、加速、スピード、あらゆる性能において、世界を瞠目させた逸品であったには違いないが、ふと気がつけばその車体には思いもかけず装着し忘れた二つの精神的大欠陥があって、それは、ブレーキとバックギアだったのではないか。どうもそういう気がしてならない。危険が迫ったらブレーキをかけること、たまには少しバックすること、それは恥でも何でもない。むしろそのことをためらうことの方が愚かな道を選ぶこととなり、単なるマグロに堕することとなる。

（2011年8月23日号）

卑怯の原点

強烈に憶えている一つの記憶がある。

昭和19年、小学校（とはいわなかった。國民学校といった）4年生の時、初めて配属将校の授業があった。当時、学校配属将校というものがあって、軍隊から将校が軍事教練のために各学校に派遣されて来るのである。この将校に、いきなり一発かまされた。

「特攻を志願するもの、一歩前へ！」

整列させられていた僕らは一瞬凍りついた。特攻というものがどういうものか、その齢で僕らは皆知っていたからである。

勇ましいのがいきなり1人前へ出た。するとたちまち何人かがそれに続いた。その時僕はまだ前へ出られなかった。だがその次の瞬間、大きな塊がドッと前へ出た。心臓がドキドキ音を立てて僕はちらりと隣の学友を見た。そいつは蒼白に震えていたが、はじかれたように一歩前へ出た。反射的に僕も前へ出ていた。つられたように残っていた者たちが遅れまいと必死に前へ出た。しかし、前へ出なかったものが2名程いた。そしてしばらく時間が流れた。

配属将校が「よし！　戻れ！」と言い、一同の緊張がフッと解けた。その後、将校が何を言ったか、そのことは全く覚えていない。只、誰かが最後まで出なかった2人に対し、「卑怯者」と呟いた声だけが聞こえた。

この事件は僕の心に残った。

僕がいきなり出られなかったこと、そして結局出てしまったことは、死に対する恐怖そのものより、ここで出なかったら後でまわりからどう言われるか、そっちの恐怖であったような気がする。明らかに当時の軍国少年の常識では、志願しないことが卑怯に価するが、今考えれば、周囲からどう言われるかを気にして心にもない行動をとることの方が本質的卑怯といえるのではないか。このことはその後の僕の心に一つのトラウマにように棲みついている。

小さな周囲の目と大きな本心。本心をおしかくして周囲に迎合してしまうことの方が生きる智恵としては賢いのかもしれない。だが今考えると、あの時、配属将校の目に必死に抗して最後まで出なかったあの2人と、周囲の目を気にして出てしまった自分と、いずれの行動が「卑怯」だったのかと自問すると忸怩たる羞恥に心を寒くする。

今回の原発事故に関して、次々に暴かれる隠蔽・やらせ。あれらの記事に遭遇する度に、上司の命令に逆らえないで、ためらいつつも一歩前へ出てしまう男たちの心の弱さを見る気がして、怒りとともにある種の同情すら感じてしまう。あれはまさしくあの戦時下で心ならずも身の保全のために特攻を志願するふりを装った僕自身の心情に似てはいまいか。

しかし、世の中はあの頃と違う。会社を馘になることと、直接死のかかった当時の状況とは甚だしく隔たる。ばかりか、それが多数の他人の生死・生活を左右するなら、情けない身の保全を考えている時ではない。

（2011年9月6日号）

不都合な真実

若い友人で国会議員でもある真面目な男が、あれから何度も福島に通っている。彼が福島でよく耳にする言葉は、どうして国を司る人々が、現地の情況をよく見てくれないのかという不満だという。

2、3時間の義理のような視察で現地の人々の心情や苦境を判るわけもないし、そういう訪問でアリバイを作るのは逆に不誠実な行為にすら思える。殊に原発必要論を唱える議員たちは殆ど現地へ行っていないという。

そこで一つの提案をした。僕でよければ音頭とりでも何でもするから、一つ原発から10キロ圏内の立入禁止区域に野外討論の場を設け、原発推進派・脱原発派双方の議員さんに集まってもらって放射能ふりそそぐ危険の中で長時間の討論をしてもらっては如何か。

防護服着用不着用自由。雨天決行・風向き無関係。衆議院議員も参議院議員も、ついでに財界・学界のお偉方も、まず命を張ってそういう議論に参加する意志がおありかどうか、諾否の返答を公表するだけでも施政者の正体は多少判るし、現場住民の不満解消に多少役立つのではあるまいか、と言ったら、唸った。

そういうことをすべきだと思う。僕はいつでも労を厭わぬし、参加する。

脱か推進かそっちの議論にマスコミの趨勢は移ったかにみえるが、そもそも論でいえば今の原発社会を推し進めてしまった当時の自民党、御用学者、財界・産業界の責任の検証もあれ以来、殆どなされていない気がする。

想定外の津波というあり得ない天災に責任をかぶせて、みんなどっかに逃げてしまった。しかし大津波は想定外でもあり得ない天災でもなかった筈である。

30年前に上梓された故・吉村昭氏の『三陸海岸大津波』（原題「海の壁」）には記録文学者としての作家・吉村氏が自ら足で集めて書かれた、明治29年、昭和8年、そして昭和35年に三陸海岸を襲ったよだ（津波・海嘯）の記録が凄まじいばかりに記されている。

この本の中に津波の歴史として様々な例が挙げられているが、たとえば1771年4

月24日石垣島を襲った津波の高さは85メートルあったと言われ、また史上最大と言われる1958年7月、アラスカのリツヤ湾を襲ったものに至っては500メートルの高さにまで達したという。

僕自身、北海道東南沖地震が起きた時、カナダ西海岸を小さな船で航行していて、45メートルの津波が来るから沖へ逃げろ、沖へ逃げろと漁業無線で叫ばれて肝を冷やした記憶がある（この時は結局ごく僅かのものですんだのだが）。

今回、書庫から相当前に読んだ吉村氏の『三陸海岸大津波』を探し出して再読し、原発関係者はこの名著をこれまで誰一人読んでいなかったのだろうかと訝った。本当に誰も読んでいなかったのか。それともゴア氏がかつて喝破したように原発推進派の方々にとっての「不都合な真実」は、闇の中に葬られてしまったのだろうか。

（2011年9月20日号）

活動時間

日本の父親の帰宅時間は外国に比べて圧倒的に遅い。内閣府の調査によれば、ストックホルムでは17時頃までに半数以上が帰宅、パリでは約半数が19時頃までに帰宅。それに対して東京の父親は6割以上が20時以降に帰宅しているという。

これをまた別の角度から、厚生労働省の調査による「家族揃って夕飯をたべる頻度」で見ると、1976年（昭和51年）の日本では36％の家族が毎晩一緒に食べていたのに、現在は25％に減ってしまっている。週4日前後が36％と最も多く、「殆んどない」が7％に及ぶ。

就寝時間をNHKの調査で見ると、これがまたなかなかに興味を引く。夜10時の就寝者数は1960年（昭和35年）には65％以上あったが、2005年（平成17年）には

24％となってしまっている。思えばわずか45年前には、半分以上の日本人が、夜10時には床についていたのだ。電気の需要が増えるわけである。

子供についてこれを調べると更に面白い現象が見てとれる。

１９７０年（昭和45年）の子供たちの平均就寝時刻は小学生（5年）21時。中学生22時40分、高校生23時10分であったのに対し、２０００年（平成12年）と30年時代が移ると、小学生22時04分、中学生23時28分、高校生24時06分と、いずれも一挙に遅くなっている。受験勉強がそうさせるのか、テレビをはじめとする遊びの多様化がそうさせるのか。某日薬屋でみかけた栄養ドリンクに子供向けの「リポビタンＪｒ．」というものがあり、そのパッケージに「疲れてもがんばれ！　小中学生」とあったのには思わずゾクッと寒気を覚えた。

22時の就寝者を表にすると

１９６０年	65％
１９７０年	45％
１９８０年	35％

1990年　28%
2000年　24%

とこうなる。これに対して起床時間は余り変わらない。小中高とも6時半から7時の間。

さてこれに対し、日没と日の出の時間を見ると、季節と場所によって変化はあろうが今この原稿を書いている9月10日の東京の日の出5時19分、日の入り17時57分。即ちお天道様が大地を明るく暖かくしている時間と、日本人が起きて活動している時間の間に、かなりのギャップがあるのが見てとれる。

暗くなったのに起きていて、明るくなったのにまだ寝ている。

就寝に関しては数時間のギャップ。この数時間、様々な形で電力を消費し、石油を燃やし、余計なエネルギーを浪費している。一方起床。ここでは約1時間折角太陽が照っているのにそのエネルギーを忘れて眠っている。

省エネということが叫ばれて久しい。

だがその根源にある人類の活動時間の異常さを誰も言わないし、気づこうともしない。

真の改革とはそういうことに着目することから始めるべきではないのか。

（２０１１年10月４日号）

手紙

あの事故以来文通している福島県浪江町の68歳の老婦人がいる。文通といっても無礼にもこちらが返事を書いたのはたった1回。電話でお話したことが1回。しかし何度も長文のお手紙を僕の所に送ってこられる。書かれていることは全て正論。返事を書かないのは書けないからである。何を書いても口先だけの欺瞞の文章になってしまうようで、書けない。

婦人は避難所を今も転々と移られている。最初しばらくは体育館に住んでおられた。そのうち仮設住宅をすすめられ、調べた挙句辞退される。「何故仮設住宅が嫌われるか、考えたことありますか?」と書いてこられる。仮設を一目見て、我慢できないと考えた。「町から遠く不便な所が多く、車のない人、老人、子供、どうやって医者、買い物等生活物資の調達が出来ましょう。山坂を歩いてみて下さい」と書かれる。「おじまは7月31日で閉鎖ということで、仮設が決まらないまま岳温泉に移動致しました。家の外は今日も雨。何回も登った安達太良山は雲の中で姿を見せてくれません。私の心と同じく霧の中です」。胸のつぶれる想いの中、書いてさしあげる言葉が見当たらない。

「原発周辺について鉢呂吉雄氏曰く、残念ながら周辺市町村の市街地は人っ子一人いない死の町だった。何故この言葉が出たのか、がマスコミには見えない結果だ。野党もまた即この言葉尻をとらえ、あれやこれやと批難するだけ。国民の多くもまた〝地元のことを考えない、許せない〟の発言」

「今朝鉢呂氏の記者会見中、品のない質問、野次に対し、〝恥ずかしいな、どこの記者だ〟との声を聞きました。只それだけの言葉でしたのに嬉しかった。恥ずかしいと思う記者が居たということが。こんな単純なことに感動しています。些細なことに日本人を見つけて楽しんでいます」

言葉が出ない。まさに小さな言葉尻を捕えて大臣を辞任させ、更には総理の任命責任まで追及して内閣を潰そうという政治の手法。そんな愚かな時間の無駄遣いが被災者の方々にどう映るのか。

廃棄物中間貯蔵施設については、「私には専門的知識はない。だが漠然と反対するのでもない。私の反対論は簡単である。エコでクリーンなエネルギーと銘打っていながら増える一方のゴミ、廃棄物、それは何万年も消えないゴミだときく。家庭ゴミでさえ始末に困っているのに、この汚染ゴミは貯まる一方なのだ。(中略)汚染ゴミは国中、世界中に置き場所はない。なのに〈国が責任をもって〉と言う。言葉にだまされた結果が今回の原発事故である。そしてまた軽い請け合いで先延ばしにし黙らせようとしている」。そして。

「辛いのも苦しいのも全部自分/悲しいのも恐いのも自分/誰も解決してはくれない/毎日が新しい事/今はもう過去になる」

門馬操さん(68歳)からの怒りの手紙の一部である。

(2011年10月18日号)

そもそも

そもそもこのコラムを書き始めた時、富良野風話と銘打つ以上、もう少しやわらかく心安らかになる、そういう連載にするつもりだった。ところが3・11の事件以来、思い切り頭がそっちに向いてしまい、社会や政治やマスコミへの不満ばかり駄々っ子のように書き続けている。で、今号こそ心を改めようと思ったが、やっぱり、書く。そもそもこの国に原発が生まれた昭和30年代の資料を見てしまったからである。この国の原発史をひもとくと、

昭和30年12月　原子力基本法成立。
昭和31年　原子力委員会設置（初代委員長、正力松太郎）
昭和35年　福島県から東電に対し、原発誘致の敷地提供を表明。

昭和38年　東電、福島第一原発の計画を発表。東海村で、日本初の原子力発電が行われる。
昭和39年　原子力委員会により「原子炉立地審査指針」が決定。
昭和41年6月　福島第一原発1号機の原子炉設置許可申請提出。同12月設置許可。
昭和46年　福島第一原発1号機運転開始という大まかな流れがある。

僕が非常に驚いたのは、この昭和39年に出された「原子炉立地審査指針」の内容で、その中の必要立地条件の（一）として、「大きな事故の誘因となるような事象が過去においてなかったことは勿論であるが、将来においてもあるとは考えられないこと」とあり、科学技術庁（現文科省）の「原子力百科辞典」には、具体的事象として「大きな地震、津波、洪水、台風などの自然現象」と補足解説されている。明治29年、昭和8年、昭和35年、近代に入っても3回の大津波が三陸海岸を襲っており、それは記録にもちゃんと載っている。してみると、2年後の設置許可は、明らかにこの指針に背いたことになる。これへの疑問がまず一つ。

もう一つは、「原子炉の周辺は、ある距離の範囲内非居住区域であることと、その外側の地帯は、低人口地帯（人口密度の低い地帯）であること」の一文である。

この文章から推察するに、万一事故が起こることは、確率が低くとも想定の中だったと考えられ、その場合、被害者を最少にくいとめんが為に低人口地帯を選ぶという思考は、低人口地帯に住む僕ら過疎地の地方の民には、ずい分馬鹿にした発想に思える。人の命は数で測れるのかと、沸々と怒りが湧いてきてしまう。まして都会の電力のために、低人口地帯の民が犠牲になっても仕方ないというなら福島の人々の口惜しさは察するに余りある。福島原発の耐震安全性の再評価について原子力安全委員会は新耐震指針を平成18年制定し、21年原子力安全・保安院がその中間評価を出している。その評価では「福島第一原発5号機及び第二原発4号機の安全上重要な〝止める〟〝冷やす〟〝閉じこめる〟機能が確保されると判断した」とある。

何をか言わんや、としか言い様がない。


（2011年11月1日号）

無関心

中国広東省の街中の路上で1人の子供が自動車にはねられ、その後十数人の通行人が、轢かれたその子のすぐそばを助けもせずに全く無視して通過するという、信じられないような光景を、定点カメラがそのまま捉え、全世界のテレビにそのまま報道された。まさに慄然たる光景だった。戦場ならいざ知らず平和な街角で、人間がこれ程他者の死に対し無関心を粧《よそお》えるものなのか。

無視した人々へのインタビューの中に、他人のことに首をつっこむな、かかわるなと、親から日頃言われているという言い訳があったが、いくら何でもヒトはここまで非情・無責任になれるものだろうか。

これを中国人の特性と見るべきか。それとも人類そのものの性格がそのように変わって来てしまっているのか。

かつてニューヨークの治安が悪かった頃、ニューヨーク在住のアメリカ人の友人が、街で必死に助けを求める女性を救出し、近くのホテルまで付き添って行ったら、ロビーでいきなり女性が騒ぎ出し、「この人にレイプされかかった！」と叫んで警察がかけつけ蒼くなって、ヤラレタ！　と思ったそうな。その時はその女性が常習的にそういう騒ぎを起こす人物だったため助かったというのだが、以来しばらく人間不信に陥り、余計なことには関わらない方が良いと、真剣に悩んでしまったという。

無関心という恐ろしい所業に人類の堕落を僕は感じる。

性善説と性悪説があって、多分この、他人のことに関わるなという思想は、性悪説から始まっているのではないかと感じるのだが、何とも陰鬱な思想である。

無関心の対語にお節介という言葉があって、正義をふりかざして他国のもめごとにすぐ介入したがるどこかの国のような姿勢も困るが、共存している他者に対して無関心を貫ける精神も判らない。恐らく、自分がやらなくても誰かがやるだろう、あるいは自分のような非力なものがやったって出来ることは限られてる、やったって無駄だという、ある種あきらめから来る無責任に拠るのだろうか。

無関心の一寸手前に、減関心というものがあるような気がする。

人は、ある理不尽な事象が起こると、ムキになって強烈な関心を示す。だがその関心のピークを過ぎると、裏切るように熱をさまして行く。北朝鮮の拉致問題がそうだし、今回の東日本大災害においても、どこかでそういう風潮が出始めている気がする。依然収まらない福島の放射能に関しては、わが身にふりかかる危険があるから多少なりとも関心を捨てないが、地震・津波でふるさとを失った岩手・宮城・福島の人々への関心は、どこかで風化を始めている気がする。だが、暮らしを失った被災者の苦しみや悲しみは、広東省で我が子を轢かれ、人々に無視された子の親の痛みの様に、永遠に消えずに残るものである筈だ。


（2011年11月15日号）

日本人として

遅ればせながら東北の被災地を歩いてきた。福島では3日。病院を中心に回ったのだが、相馬、南相馬、飯舘村。飯舘から川俣の避難地区ではのどかな農村に人の姿がなく、緑の繁茂とたわわに実った柿の赤が採る人もなく村を染めている。本道から離れて峠道へ入ると、0・3マイクロシーベルトに設定した線量計が俄かに警告のブザーを鳴らし始め、車内だというのに11近くまで数値を上げた。山道を染めている鮮やかな紅葉がセシウムの色かと錯覚した。

その後、宮城・岩手へと移動。仙台、塩竈、松島、石巻、南三陸、気仙沼と歩いたが、こっちでは線量計の針は上がらず、代わりに津波で無惨に破壊された廃墟と瓦礫の町々が続く。釜石で津波に家を奪われた鵜住居地区の友人の家跡に案内されると一村全く家はなく、かつての住宅の基礎のみが残り、夏草がその跡を埋めつくしている。基礎のコンクリートの上に残された10センチ足らずのアンカーボルトが全てバラバラの方角へ折れ曲がっているのが、津波の寄せ波と引き波の凄まじい力を物語っている。友人の話では津波の来る前、まず強烈な海の匂いがあたり一面に押し寄せたそうな。その匂いは流され破壊された無数の木材のおがくずのような香りに満ちていたという。

がんばれ東北！　という標語がいたる所で見られたが、僕のように他所《よそ》から行ったものには、被災者に対して「がんばれ！」なんていう言葉は、おこがましくてとても口には出せなかった。そんな軽々しいものでない悲劇の重量が東北一帯を覆っていた。

宮城以北の津波による悲劇は、将に目に見える悲劇だったし、福島の場合はそれに加えて放射能という目に見えぬ悲劇が加重されていた。

旅の間に、日本全国の自治体の9割が、放射能汚染への不安から瓦礫の受け入れを躊躇し始めたという記事を読み、愕然とした。

現時点において既に受け入れを行っている自治体＝東京都、山形県、青森県。

受け入れ表明を行った自治体＝北海道、静岡県、神奈川県（川崎市を除く）。

受け入れ拒否、予定なしの自治体＝九州全域、四国全域、山口、兵庫、京都、滋賀、三重、岐阜、愛知、石川、群馬、秋田。

日本人は一体どうなってしまったのだろう。絆という言葉はどこへ行ったのだろう。僕の見たところ宮城以北では、殆ど放射能は検出されていない。東北地帯全てに関して放射能汚染地区だと考えるいわゆる「市民の苦情」を発するのは、風評に流される愚民たちである。石原慎太郎都知事が発言したように「そんなの〝黙れ〟って言えばいいんですよ」である。瓦礫は町の全てである。電化製品も家も家具も、思い出も愛情も全てが粉砕され、山積みになったもの、それが瓦礫である。同じ日本人のそうした暮らしの悲しい残滓を拒否する人間を僕は日本人と認めたくない。

（2011年12月6日号）

無主物

放射能は誰のものか、という不思議な裁判がこの夏あって、東京地裁は放射性物質を「もともと無主物であったと考えるのが実態に即している」という東電側の主張を支持して提訴側の訴えを退けた（朝日新聞11・24）。

「無主物」とは初めてきいた言葉だが、辞書で引くと「何人の所有にも属さない物」の意で、野生の魚類や鳥獣など主のいない動産のことを言うらしい。

もともとこの裁判は、福島第一原発から45キロ離れた二本松市のゴルフ場から、事故の後毎時2〜3マイクロシーベルトの高い放射線量が検出されるようになり、営業に障害が出たため、東電に除染を求めたところから始まった。東電側の主張は「飛び散った放射線物質を所有しているとは考えていない。故に検出された放射性物質は責任者がいない」ということであり、更に「所有権を観念し得るとしても、既にその放射線物質はゴルフ場の土地に附合しているはずである。だから自分たちのものではない」という何とも奇天烈な主張であり、それを裁判所が支持したとすると、現在行われている校庭や地域のあらゆる除染が全てその土地の所有者の責任に帰するということになる。東電側は余っ程頭の良い、倫理観の欠如した高額弁護士を雇ったのだろうが、それを裁判所が認めたとすると、もう我々愚者には法律というものがさっぱり判らない存在となる。

朝日に載ったこの記事は、原発事故を多方面から探った好企画で、連載開始当初からインターネット上の多くの個人所有ページで「良記事」という意味でその内容が転載・紹介されて広まった。

ところが最近そういったページが次々と削除されているという。理由は「朝日新聞社知的財産管理チーム」がそれらページの所有者に対し、著作権を盾に次のような削除依頼を申し立てているかららしい。

〈申立内容・弊社は新聞紙面、朝日新聞デジタルおよびasahi.com上に掲載された記事・写真について著作権法23条に規定する公衆送信権（送信可能権を含む）を有しています〉

このことによって一部では、国や電力会社から朝日新聞に圧力がかかっているのでは？　という憶測までとび交っているという。

著作権法はよく判るが、こうした重大なニュースの伝播まで著作権法に触れるのだろうか。愚者には法律がますます判らない。

世の中が変てこな考え方をするから、愚者もまた変てこな発想をしたくなる。

思考を大胆に転換して、放射能の身になって考えるとどうなるのか。産み落とした親は、自分は知らない、自分はこの子に責任を持てない、この子は勝手に生まれてきた者で、決して自分の子ではない、無主物である、認知なんてできない。

親からも見捨てられた放射性物質という無数の孤児達が、日本の空をさまよっている。

（2012年1月10日号）

パブリック・アイ・アワード

企業の社会的責任や環境保全の観点から、世界で最も無責任な企業を選ぶ「パブリック・アイ・アワード」の候補に東京電力がノミネートされ話題になっている。

この賞はスイスを拠点とするNGOベルン・デクラレーションとNGOグリーンピースが選出しているもので、ネット投票も受け付けており、結果は毎年ダボスの「世界経済フォーラム」で発表され、世界に警鐘を鳴らし続けている。これまでフランスの原発企業アレヴァや、子会社の劣悪な労働環境が問題となったブリヂストンなどが「受賞」している。

今年のネット投票では1月15日現在、東京電力がトップを走っているらしいが、2位は韓国のサムスン電子、3位はブラジルのヴァーレ社。

サムスンは、自社工場で、使用許可のない毒性の高い物質を労働者に知らせることなく使用。その結果、多くの労働者に癌が発生。

ヴァーレ社は、アマゾン熱帯雨林の中心部にベロ・モンテ・ダムを建設中。約4万の現地住民が強制避難を強いられている。

この他、スイスのシンジェンタ社は、ヨーロッパで禁止されている自社の除草剤を南半球で販売。何千人もの農民が、同製品の使用により命を落とした。

更にイギリスのバークレイズ社は、投機マネーを注ぎ込んで世界の食料の値段高騰を招き、結果、数え切れない最貧困層の人々の命を犠牲にしたこと。更にアメリカのフリーポート・マクモラン社は45年にわたり、インドネシア東部パプア州にある同社の採鉱現場を汚染し、反抗勢力を拷問・殺害したことによる、という。

東電ノミネートの理由は、「識者の勧告に耳を傾けず、原発の安全確保よりもコスト削減を優先し、その結果、福島の原発事故とそれに続く国土の放射能汚染を防げなかった。情報開示についても非常に不誠実で、馴れ合いと隠ぺい、偽装にまみれている」とある。

グリーンピースが作った、ゴジラをモチーフにした東電を紹介するポスター。

What we created , we could not handle .

(私たちは、手に負えないものを作り出してしまった)は、強烈な印象を見る人に与えるが、ゴジラというものが日本の生み出した世界的スターであるだけに、我々日本人には何とも複雑な気分である。

1月16日の報道によれば、原発周辺の立入禁止区域にかくれて住んでいた住人が11名確認されたという。僕も去年の秋現地を歩いた時、そういう人がいるという噂は、地元の人に聞いていたが、11名もいたという報せには粛然とした気持ちにさせられた。ゴジラの恐怖にさらされながらも、ふるさとを捨てられない人々の気持ちは僕にも痛い程想像できる。

企業が自社の利益の追求のために、その倫理観まで捨ててしまうとしたらヒトは何のために会社を作るのだろうか。己の家族は企業の犠牲者とは別の存在と思うのだろうか。

(2012年2月7日号)

正月の憂鬱

少々寝ぼけた正月の話になるが。

我が家の正月は未だ頑なに先祖代々の風習を守っており、そのために女房は暮の何日か側近の女達を動員して眠れない日々を過ごすこととなる。

うちの周辺には富良野グループの若者たちがごろごろとおり、それがまた断りもせずに男女くっつき、勝手に子どもを生産し、それらが大挙して年始の挨拶と称し、雑煮を喰うために50名近く押しかけてくるから、元旦は大体朝から晩まで女房は台所に立ちっ放しでふらふらになってサービスする。

大体昨今の若者は、家庭でそういうしきたりを持たないのが普通だから、まず屠蘇の盃のやりとり、挨拶、盃についている家紋の意味から始まり、正月早々のフル講義で、年賀状など読む暇は全くない。家紋と言っても知らない奴が殆どで、即、実家に電話させ、自家の家紋を問わせるのだが、もはや親までが自分の家紋を知らず、電話の向こうでおたおたしている。嘆かわしい。

　我が家では、まず屠蘇を祝い、次に干し柿で煎茶を喫し、然る後、正月用の長箸で雑煮を喰うことになるのだが、この雑煮が岡山の勝山地方に残る極めて珍しい逸品で、煮干し、するめ、昆布で作ったダシ汁に味噌を溶き、具は里芋と大根の薄切り、そこにホウレンソウとオカカを乗せ、更に塩ブリの薄切りが入るという凝ったもの。餅は切り餅。これを作るにはかなりの手間と仕込みの時間がかかる。するめは足を切り、身に3～4ミリメートル間隔の筋をカミソリでつけ、足を束ねて中へ巻き込んで、ぐるぐると筒状に巻いてタコ糸で縛る。これが大体12月29日から30日の作業で、正月にはそれを薄く輪切りにし、雑煮の上へ2片ずつ乗せる。ブリは毎年富山の友人から丸ごと送ってくれるものを解体し、大ぶりの肉塊に分け、それに塩をして何日か寝かせる。とにかく相当の労力と時間がかかるのだが、年に1回のこの作業の中で、娘は、嫁は、母や祖母からその家に伝わる伝統の味を伝授され、それを次代に伝えるのである。即ち、馳走そのものの味よりも一家の各世代が共同でなすこの作業の時間こそが大事なのだと思うのである。

しかるに昨今は、お節にしてもデパートの商品や出前に頼り、こうした家族の伝統の継承という大切なものがないがしろにされ、主婦も若者も朝早くから大売り出しやら福袋の列に殺到し、肝心なことを忘れてしまっている。

まことに以って嘆かわしい。

世の中商売が先になって、その商魂に全てがまきこまれ、作るという伝統がどんどん消えている。商人が商売で金を稼ぎ、なりわいを樹てるのは結構なことだが、ものづくり日本と自慢する以上、作るという根本を失っては困る。ましてやそれが、簡単だから便利だからめんどくさいからという理由によって、「作る」から「買う」に主導権を奪われるなら、この国のそもそもの根源というものは一体どこに流れて行くのだろう。

(2012年2月21日号)

復興庁

復興庁が発足した。

本庁は東京に設けられ、各被災地にはそれぞれの出先機関が出来るという。

何故本庁は直接被災地の仙台とか福島、あるいは盛岡に設けられなかったのか。もっと言うなら地震と津波の直撃を受け、今猶復興の目途も立たずにいる海岸線に作られなかったのか。それが各省庁と連絡をとるためのいわば連絡機関に過ぎないとしても、窓を開ければ都会のネオンという位置に設営されるのと、窓外に未だ瓦礫の山が拡がる場所で仕事するのでは、仕事する者の感覚と覚悟がちがってくるはずである。

各省庁と連絡がとり易い、首都に置く方が何かと便利である、というのが東京に設置された理由であろう。しかし、このＩＴの時代にあって、永田町と霞が関、霞が関と東北各都市の連絡時間は全く変わらないはずである。それを首都だからと東京に置くのは、復興庁というものの任務の重みを政府が如何程の覚悟で捉えているのか、底が知れるという気がしてならない。

かつて首都の東北移転という論が考えられたということがあった。あれもそのままうやむやに終わったが、たしかあの時は一極集中から地方分権への一つの提案であったかに記憶する。しかし今回の事情は激しく異なる。東北地方の復興であり、今後いつまで続くか判らない原発事故の後始末である。被災地の復興だけとってみても瓦礫の始末、故郷への帰還、雇用の促進、借金の返済と、あらゆる問題を含んでいる。増税によってそれを賄うという一辺倒のやり方でなく、発想の大胆な転換という大きな変革が必要であろう。その時、せめて復興庁ぐらい被災地の中央に設置することで、その土地の徹底的インフラ整備、人の集結、人の流れ、企業の流動などの流れを起こせば、それだけで現地に金が落ち、被災地の活性につながるのではないか。

今、福島でこの稿を書いている。

今年の3・11に10年前から続いている１００万人のキャンドルナイトを津波に襲われ

た被災地の沿岸にも持って来て津波被害者の霊を弔おうと、その下準備にこっちに来ている。僕は福島を担当して、いわき市、南相馬市の沿岸線に1万本余りのローソクの灯を灯すつもりだが、現地を歩いていてある事に気づいた。

立入禁止区域に指定されている浪江、双葉、大熊、富岡、楢葉等の各町には、立ち入ることが許されずローソクの灯も灯せないのである。しかしそれらの避難区域にも津波で亡くなった方はいっぱいいる。だが原発事故ばかりがクローズアップされて、その地の死者たちは弔われていない。これは余りにも哀れである。

僕はもう現在77歳、充分生きたから今更被曝してもかまわない。自分で自分の責任をとるから何とかその地域に入れてもらえないかと、今行政と折衝している。その許可をとるだけでも大事である。やれやれ。

（2012年3月6日号）

ひどすぎる

本年1月13日の出来事である。

ニューヨークの名門オーケストラ、ニューヨーク・フィルのコンサートの最中に、突如観客の携帯電話が鳴り響き、指揮者が演奏を中断するという事件が起きた。事件が起きたのは同フィルハーモニー、マンハッタンでの公演中。マーラーの交響曲第9番の演奏中で、曲は最後のクライマックスを過ぎ、「音楽と静寂が入り混じる」極めて繊細な場面。まさに最悪のタイミングだった。

音が鳴ったのはステージ左側の最前列に座っていた高齢の男性の携帯電話だったが、この男性は身じろぎもせず、マリンバの音の着信音が3〜4分あまりも鳴り続けたらしい。

音に気づいた指揮者のアラン・ギルバート氏は手を止めて演奏を中断。会場には着信音だけが響き渡った。ギルバート氏は持ち主に向かって「終わりましたか？」と尋ねたが返事がなかったため、「結構です。待ちましょう」と言い、指揮棒を譜面台の上に置いた。着信音はさらに何度か続いた後、ようやく鳴り止んだ。

苛立った観客からは、「１０００ドルの罰金だ！」「そいつを追い出せ！」などの声が上がったが、大半の観客の「シーッ」という声になだめられた。

ギルバート氏は「通常であれば、このような妨害があっても止めない方がいいのですが、今回はひどすぎました」と断った後に、オーケストラの方を向き、「１１８番」と指示をして演奏を再開。観客からは拍手が上がった。

この報道には後日談がある。

大のクラシックファンであるこの男性は、二つの会社を経営するビジネスマン。使い始めたばかりのアイフォーンをマナーモードに設定していたが、突如目覚まし機能のアラーム音が鳴り出し、止め方が判らず、周囲の観客に教わってやっと止めることが出来たという。不意の演奏の中断が、自分の携帯のせいだったということに気づいたのは、帰宅時になって初めてだったそうな。男性はショックと後悔で2日間眠れず、ギルバート氏に電話で謝罪し、同氏もこれを受け入れた。男性は、「楽団員や聴衆が私を許してくれますように」と共同通信に語っている。

こういう不愉快な出来事は、僕らの芝居の公演でもしょっちゅう起こる、ばかりか日本ではこの男性のように後悔も謝罪もする気配がない。1カ月以上も練習をつみ重ね、その一瞬に賭ける舞台人の気持ちが日本の観客には中々判ってもらえないようだ。

ニューヨークでは、ニューヨーク市議会が２００３年２月に公共イベント会場での携帯電話使用禁止を法令として制定している。違反者には50ＵＳ^{ドル}の罰金が課せられる。日本では運転中の使用禁止、飛行機内での禁止が、道交法、航空法によって定められており、小中学生にケイタイを持たせないよう保護者に努力義務を課す石川県条例があるが、劇場などでの使用制限の法令はない。

（２０１２年３月20日号）

偉い人

子供の頃。

将来何になりたいか、という学校の先生の質問に、当時は大将とか総理大臣とか、社長とか、中にはつつましく部長サンなんていう可愛い答えまであって、その中に結構多かったのが「偉い人」という回答であったことを覚えている。それ以外にもお金持ちとか大臣とか、大きな家に住める人とか、子供は子供なりに家庭環境から来るそれぞれの夢を持っていたように思うのだが、要するに他に抜きんでた「偉い人」になることは殆どの子供の憧れだったように思う。今の子供がどう答えるのかは知らないが、大した違いはないのではあるまいか。政治家が己の所属する党を野党から与党に変えたいとする気持ち。その己の所属する党内で、自らの立場を向上させ、あわよくば大臣へ、更に可能なら総理大臣へと変身させせんと思う願望は、夢多きものには子供同様持つのが当然と言えるにちがいない。総理大臣とはいわないまでも、サラリーマンが課長に出世し、部長に昇進して重役を窺い、挙句社長への野望を抱く。これも人として当然の欲望であろう。それはどこかで給料＝稼ぎと離れ、いわゆる出世欲にとりつかれる人間としての性に起因するように思われる。

愚生のような小心者には、子供の頃の無責任な夢と異なり、偉くなった場合に負わされる責任、その背負わされる義務の重さに、最初から怯えて、偉くなんか絶対なりたくない！　と頑なに思ってしまうのだが、世間の人々はそうでもないらしい。

偉くなりたいという純な願望と、その時負わされる重責の間には、バカの壁なんかはるかに超える巨大にして堅固な壁があるはずなのだが、純な願望は人を盲にし、重責のことはあまり考えない、かのように愚者には思える。大臣を見ていても社長を見ていても、愚生にはそのように思えてならない。

noblesse oblige という言を持ち出すまでもなく、大臣になる人、社長になる人には、それなりの重責への覚悟というものが元々必須のものなのではないか。

与党を倒して政権を得ようとする野党。政敵を倒して党首の座を目指す政治家。そういう方々に果たして本当に、我々が全ての生活を委ねる政権を掌中にする覚悟があるのか。それでもなお国家のトップを目指す偉い方々が不思議でならない。

無論、そういう人がいてくれなくては困る。いやだいやだと思いながら、本心に反してそういう位置に押し上げられてしまう、そういう人がいてくれなくては困る。意志に反して多くの敵を作り、それでもいったん覚悟した以上、覚悟を完遂してくれる、そういう人がいてくれなくては困る。子供の頃、僕らが幼い頭で、ぼんやりと考え、ぼんやりと夢見た「偉い人」という将来の夢は、そういう人間を指したのかもしれない。

みんな昔は子供だった。

その頃の感性をとり戻したい。

（2012年4月3日号）

甘えるな！

２０１０年春、56万９０００人が大学、専門学校卒業後に就職したが、その3割強に当たる19万９０００人が、３年以内に離職したという。

就職後3年以内に離職する割合は中卒7割、高卒5割、大卒3割で、これを「七五三問題」というそうな。

世間にはこういう惹句をすぐつけて得意になっている人種がおり、暇なマスコミがまた面白がってそういう言葉を流行らせるが、雇った方はたまったものではあるまい。僕も永いこと富良野塾というものをやってきて、これは一切金を取らないから多い時には20倍の競争率だったこともある。これを丹念に技量、志、人間性、実技試験と面談で仕分けし、漸く20人程に絞りあげ、覚悟の程を確認し、合格通知を電話で知らせると、その時になって、やっぱりやめたいという奴が出てくる。入塾を果たしてからも、此処は自分に合わないと、辞めて行く奴が現れる。うちの場合は援農で生計を立てていたから苦しい労働に耐えられないのが1位。対人関係に耐えられないのが2位。憧れていた田舎暮らしが理想とちがったと辞めるのが3位。男女関係、駆け落ち等が4位。理由不明の夜逃げが5位。そんな情況に26年耐え、今の若者の覚悟の無さ、甘さ、移り気にホトホト絶望し、26年にして塾を閉じた。だから折角雇ったのに簡単に逃げられる経営者の気持ちが痛い程判る。

今の若者は甘えすぎている。

言い方を変えれば耐えることを知らない。これは明らかに親の教育、学校教育にその原因があると僕は思っている。子供の自主性を尊ぶという、自由を吐きちがえた放任主義がこういう若者を育ててしまった。

隣国韓国でも近頃こうした悪自由主義の学校教育が、日本を倣って始まっているという。それを教えてくれた韓国の友人は、しかし、と重大な一言をつけ加えた。

韓国にはその後に徴兵制がある。甘えられて育った若者たちもその後の何年かの軍隊生活の中で、世の中に甘えが通用しないことをイヤという程思い知らされピシッとした若者に立ち直るのです、と。

韓国の企業では役に立たない若者は、いきなり馘を切られるのではなく、何年間か軍隊に、それも最も規律の苛酷である海兵隊に預けられるのだという。そういうシステムが彼の国にはあるらしい。成程、といたく感心した。

日本にもそろそろそういうものが欲しい。そうでもしないと学生時代に世を甘く見た若者の根性は叩き直せない。さればとてこの国に軍隊はなく、徴兵制も存在しない。そこで愚生の愚考するのは、徴農制の採用である。軍隊式の農業修業で若者の根性を叩き直す。そうすれば彼らは規律や礼儀を否応なく身につけることが出来るし、第一、土をいじったことが一度もない農林官僚など生まれないだろう。

偉い方、本気で考えてくれないか。

（2012年4月17日号）

見えない

見えないものへの恐怖は恐ろしい。

目に見える恐怖からは逃げ出すことが出来るが、敵が見えないのでは逃げようがない。瓦礫の処理を各自治体が中々引き受けず、いかに政府が安全だと言っても、いや判らない、信用できないとヒステリックに騒ぐ住民が出るのも相手が見えない恐怖から来るのだろう。僕らが散々差別を受けている煙草の流煙被害だってそうだ。放射能の場合にはまだ××シーベルトと数字でその危険度を表示してくれるが、流煙に関しては誰も数字で示してくれない。煙草の流煙がこの場所でナンボ、一方路上で自動車のばらまく排気ガスがナンボと数字ではっきり提示してくれるなら、まだ些かは納得できるが、そんなことをしてごらん、自動車の排気ガスの害毒の大きさに国民は呆然唖然とし、自動車産業は大打撃を受けるから。だからその危険をいち早く予想したアメリカあたりの自動車大企業が煙草産業をスケープゴートとし、グローバルな禁煙運動を巻き起こしてしまった。匂いによる嫌悪は判るにしても、なに都会に充満する排気ガスの匂いにはみなが馴れきり麻痺してしまっているだけの話だ。要は「見えない」そのことへの恐怖。それが人々をパニックにおとしめている。

だが、見えない恐怖はいくらでもある。早い話が国家予算。９００兆円の借金などと、いとも簡単に政治家は口にし、国民はおどろくが、そんなものかと他人事のように深く怯えない。しかし現実に９００兆円というものの実態を見たら、全国民一様に腰を抜かすだろう。

１００万円の札束をごらんになった方は多いと思う。厚さ1センチメートル、重量にすると１００グラムである。

だが1億円の札束を直接見た人はそうはいないだろう。まして1兆円の札束を見た方は殆ど皆無にちがいない。

1兆円を1万円札で積み上げると10キロメートルの厚みになる。10キロメートル即ち１００００メートルは地上から見て空気の境目、対流圏と成層圏の境目に達し、航空機の平均的高度に達する。1兆円の重さは1万円の札束にすれば約100トン。これが日本の借金900兆円となると9000キロメートルの厚みとなり、重量で言うと9万トン。もしこの900兆の札束を、国会議事堂の前に積み上げたとすると、永田町の地盤はその重みに耐え切れず、ズブズブズブと地中へ潜って行き、地球の半径6400キロメートル。その中心を超えて、アルゼンチンだかブラジルだか、反対側の方へ向かってしまう。まァその途中で燃え尽きると思うけど。だがこの事態にみなが気づかず、さほどヒステリックに怯えないのは、900兆円という現実の札束が誰にも見えていないからだと思う。

見えない、ということは恐ろしい。しかも文明はヴァーチャルという、見えない方角へとどんどん進行して止まることをしない。

恐い！

（2012年5月8日号）

理屈と行動

かつて富良野塾起草文の一節に、こういうフレーズを書いたことがある。

批評と創造はどっちが大事ですか。

理屈と行動はどっちが大事ですか。

世の中、批評・論評・批判する者ばかり増え、創造する努力をするものがどんどん減っている。震災瓦礫の受入れ問題だってそうだ。

石巻の瓦礫を北九州が受け入れようとすると、たちまちそれを放射能瓦礫と決めつけ、運搬トラックの下にもぐりこんで搬入を阻止しようという行動に出る。では彼らには、災害瓦礫をどうしたらいいのかというしっかりした代案があるのだろうか。それに向かって何らかの建設的行動をとったのだろうか。福島と石巻の現実の距離を、地図上でなく走って実感したのだろうか。国の言う安全、科学者の言う安全が、もはや信用できないから、全てを疑い否定するのだろうか。否定するのは結構だが、ではその代わりに何をどうしろと彼らは考え、その方角へ行動したのだろうか。

3・11が起きた時、日本全てがあれ程奮起し、あたかも一枚岩になったかのように多くのボランティアが集結し、皆が一丸となったかの如く見えたあれは一場の幻だったのだろうか。あの時参集したボランティアの前で声を枯らして叫んでいたボランティアリーダーの言葉が忘れられない。みなさん、ここではガレキとかゴミとか、そういう言葉は絶対使わないで下さい！　被災者の方々にとってはこうした物が全て財産そのものなのです！　その財産が今や邪魔物として日本各地から拒否されている。

細川護煕元総理、植物学者・宮脇昭氏の提唱になる「森の長城プロジェクト」というものが、今細々と東北で動き出している。

邪魔物とされている震災瓦礫を岩手から福島に至る300キロの海岸に、土と混ぜこんで穴を掘って埋め、万里の長城のような防潮堤を築き、その上に森を作ってしまうという、斬新かつ壮大なプロジェクトである。

白砂青松というかつての日本の海岸林の概念を打ち破り、本来その土地に生育していた深根性、真根性の常緑樹を植樹して、その根を埋めこんだ瓦礫に巻きつかせ、津波にも抗し得る遠大な堤を築くという極めて画期的な計画である。既に大槌町や仙台近郊でその企てはスタートしている。こうした一見無鉄砲な企てこそ、今この国に最も望まれる雄大な企てだと僕は支持する。

ネックは様々に存在するらしい。その一つが、木材瓦礫は焼却しなければ埋めてはならないという数十年前に制定された産業廃棄物処理法だったりする。為に環境省は反対している。ケチな法律に縛られてはいけない。瓦礫のために復興の出来ぬ東北被災者の方々のために、ならば法律を改正すれば良い。

批評が創造を妨げてはいけない。理屈が行動の足をひっぱってはいけない。そんなことでは何も解決しない。

（2012年6月19日号）

いつしか

「いつしか」という表現がある。

いつのまにか、知らぬ間に、といったような意味で、文章の中にしばしば登場する一見美しい言葉であるが、僕はこの言葉を自分の文にはなるべく使わぬよう自戒している。何かこの「いつしか」という4文字の中に、その期間の中の微妙な、あるいは重大な変化を意図的に美文で隠蔽しようとする邪な意志がかくされている、そんな気がしてならないからである。

「い」と「つ」の間に何があったのか。「つ」と「し」の間に何が微妙に変化したのか。「し」と「か」の間の変わりようは何故か。そういったものを丹念に探り、検証していくのが物書きの仕事で、それを「いつしか」というこの一見美しい言葉でごまかしてしまうのは卑怯であると思えるからである。

「いつしか時が経ち、彼は子供から大人になった」。彼にとっての時の経ち方こそ子供から大人への彼の変化であり、その中に一体どういうことがあって、彼を今の彼に変化させる諸々の原因があったのか。そこのところこそ大事だと思うのだが、「いつしか」という この美しくも卑怯な一語を用いると、何となくみんなごまかされてしまうからである。

あの頃、国民の期待した民主党のマニフェストは、彼が政権の座につくと、いつしか形骸化し、あるいは変更され、もともと労資の労の側に立っていたはずのこの政治集団は、政権をとるといつしか資の側の代弁者になっており、では野党となった自民党が労の側に転換したかと思えば、こっちは変化なく資の側である。するといつしか世は資の世となり、財が牛耳る社会となる。

1年前の原発事故が、わずか1年でいつしか風化し、脱原発を叫んでいたはずの政府が、いつしか原発再稼働へ転向し、事故の責任への追及もいつしか尻つぼみの気配を見せ、この分で行くと世間はいつしか原発事故前の社会に戻り、結局世の中変わらないのだ、何を叫んでも無駄なのだと、庶民はいつしか無気力になって行き、いつしか国を信じなくなり、いつしか虚無的になって行き、いつしか日本人は日本人であることすら別にどうでもよくなって行く。

いつしかというぼんやりした時の経過を示す言葉は、事ほど左様に危険をはらんでいる。

「いつしか」という言葉を広辞苑で引くと、「早すぎるさま」という意味もあり、また「いつか、早く、と待つさま。即ちいつの日か。いつかは」、あるいは「おそかれ早かれ」「そのうちに」「早晩」という意味。更には「いつであったか」「いつであるか」、更に更に下に打消しを伴うと「いつになっても」という用法まである。

日本語の語法は芸術的ですらあるが、この芸術性につい酔っていると、事の重大さを我々はしばしば見逃してしまう。

今現在のこの情況の中で、僕らはこの「いつしか」という幻惑的用語にだまされてはいけないし、流されてはならない。

（2012年7月3日号）

需要仕分け

脱原発か原発推進か。風力か地熱か天然ガスか。

世間の議論は我々の使う次世代エネルギーを何によって賄うかにひたすら向けられ、即ち供給の手段に論が集中し、需要の側の検討がどうも置き去りにされているように思われてならない。

需要があるから供給が必要となる。それがそもそもの前提にあると思うのだが、現今の資本主義社会においては、あらゆる思考が景気・経済を中心に考えられ、供給ありきが優先されて需要がそのための手段になっているかに思われる。これは本来歪な思考ではあるまいか。

国の組織である省庁を、需要のための省庁と供給のための省庁に分類してみると、ど

う も我々が戦前に受けてきた節約が善で浪費は悪という思想とは真逆に、全てが消費へ浪費へと向かってこの国の舵とりがなされているように思えてならない。

経済社会へと向かってしまったのだから、それも仕方ないといってしまえばそれまでだが、３・11の直後にはあれ程脱原発へと盛り上がったはずの世論が当時の猛烈な反省を忘れ、わずか1年余で何ともあっけなく原発再稼働へと向かっているのを見ると、熱し易く冷め易い日本人の体質を改めて見せつけられた気がして甚だ絶望的な気持ちになる。

エネルギー供給の手段を論ずるのはもちろん重要なことであるが、それ以上に今僕らに必要なのは、エネルギー需要をどう減らすかというそっちの側の問題ではあるまいか。

「需要仕分け」

今この社会に必要なのは、そっちの側の議論である。

コンビニは24時間営業していなければならないのか。テレビはどんどん増加するチャンネルがそれぞれ24時間放送されなければならないのか。街の電気やネオンやイルミネーションはここまで煌々と地球の夜を照らさねばならないのか。ケイタイやアイフォーンの機能はここまで多重的に増えなければならないのか。クーラーはこんなにビルを冷やさねばならないのか。アパレル業界はここまで毎年新しい流行を作らねばならないのか。その時生まれる大量の廃棄物はどこまで地球をゴミで埋めるのか。

もっと言うならもともと太陽の光と熱によって生かされてきた人間が、太陽が沈んでも寝ずに活動することを始め、生活時間がどんどん夜へと侵攻し、そのことによって消費するエネルギーが際限なく増加しつづけていることを、みんながあたりまえと思ってはいまいか。考え始めたらキリがない。

原発がなかったら社会は崩壊する。偉いサンたちの言うこの暴論は、こうした需要の無際限な増加を全て放置し、無視した上での一方的な放言に思える。

現代社会での需要仕分け。

政治は今このことにこそ本気で真面目に取り組んで欲しい。

（2012年7月17日号）

不利益の分配

経済学者の中谷巌氏と話していて一つの言葉を教わった。不利益の分配という言葉である。

世界の歴史を経済的観点から見ると、産業革命以後大量生産が可能になってから経済活動は活発になり、以後世界の経済は今に至るまで右肩上がりでずっと推移した。そういう状況下での政治の役目は、上がった利益をいかに分配するかだった。ところがこれからの世界経済は、エネルギー資源の限界や食料生産の限界を迎え右肩上がりから右肩下がりに移行して行くことが予測される。即ち世界の経済が縮小して行く。その時政治の役割は、これまでのように、出た利益をどう分配するかでなく、生じた不利益を如何に分配するかということになってくる。

利益がある場合は、他人より配分が少ないというような不満があっても基本的に利益を受けるわけだが、これからは不利益を押しつけられるわけだから、利益の分配に馴れてきた人々には我慢のならないことであり、政治に対して不満を抱く。消費税の増税、年金の削減、あるいは瓦礫の受入れ問題にしても、卑近な例としてはこれに当たるのだろう。そうした不満を受け止め切れなくなると、その政府は否定され、政府が変わって次の政府になってもまたも不満を受け止め切れず、次から次へと政府が変わる混沌の政治の状況に陥る。成程、これは重大な事態である。

こうした状況で必要になるのは一体どういう解決策なのか。

中谷氏は、アリストテレスの『最高善』という概念を引用され、人が幸せになるための、経済＝金を中心とした価値観とは別の社会のあり方や人の暮らし方を提示して国民を導いて行く指導者の必要性を仰られたが僕も全く同感である。ただし、現状では全く難しい。

そもそもこの国に民主主義の入って来た戦後、権利と義務という両輪で進むはずのこの思想を、それまで義務義務と押しつけられて来た日本人は、これからは権利主張が出来るという夢のような事態に舞い上がってしまい、一方の存在である義務という車輪を、どこかに置き忘れて来てしまったかに見える。即ち「権利」という片車輪が異様に大きく、「義務」という片車輪が極度に小さい車。こんな車が動き始めたらどういう運動行動をとるのか。前へ進むよりひたすら同位置をくるくる廻ることしかしないのではあるまいか。しかもこの「日本」という特殊なスーパーカーは、アクセルの性能は抜群だが、ブレーキとバックギアを装備するのを忘れていてやみくもに猛烈と同じエリアを回転し加速を止めない。

さて、そんな状態の猪突猛進の中に、注入されていた利益の分配から注入されるものが突然変わり、不利益を一挙に注入され始めたら、一体この車はどうなるのだろう。

僕には全く答えが出ない。

運転なさっている永田町・霞が関の先生方は、どのようにハンドルを切られるのだろう。

（2012年7月31日号）

水クラゲ

福島原発事故を踏まえて原発ゼロを目指す与野党超党派国会議員による「原発ゼロの会」がこの3月に発足した。まことに判り易い。次の選挙は脱原発か原発推進か。一種の国民投票になると思うのだが、さてここで候補者が脱なのか推進なのか、その旗幟を鮮明にして欲しいというのが我々国民の願いである。かつて9・11の後でブッシュが言ったように、SHOW THE FLAG！これだけははっきりさせて欲しい。そんな時「ゼロの会」のメンバーから、何か判り易いロゴマークのアイデアがないかと相談され、「水クラゲ」は如何かと提案した。

先般の大飯原発再起動。出力１００パーセントに達する寸前に、冷却のための海水注入口に、大量発生した水クラゲが押し寄せ、出力上昇を妨害した。人為的にクラゲを排除することで間もなく事態は解決したが、あの時国の偉いサンが「たかがクラゲ如きのために」と言った一言がどうも心にひっかかっている。聞きようによっては、たかがデモ隊如きのために、ともとれたし、僕には予期せぬ水クラゲのあの大発生が、原発再稼働を阻止せんとする、自然界の抗議デモに見えたのである。

思えば海中の生物たちにとって海が放射能に汚染される危険、大気が放射能に汚される危険は、生命を脅かす根本的恐怖にちがいない。それを生み出す原発というものを傲慢にも生み出した人類に対するあれは自然界の抗議であった気がしてならない。

人類は地上の生命体、何万何億の生命の種の中のほんの一個の存在に過ぎず、他の生命体と複雑微妙に連携して初めて生存できる一個体に過ぎない。それが独自だけの欲望のために、後始末の目途すらまだ立っていない原発という怪物を生み出してしまった。その無謀の残酷な結末を、つい1年前僕らはあれ程深刻に味わったのではなかったか。いや。僕は今、福島でこの稿を書いているが、その深刻な結末は今猶この地では歴然と続いている。

冷却水の注入に邪魔だからと、排除され殺され廃棄されていった水クラゲたちのあの姿が今も心を離れない。人間にとってクラゲはつまらない、害にしかならない生き物かもしれない。しかしクラゲたちのあの最期の姿に、僕は原発に抗議し葬られた自然界からの抵抗者の名誉ある戦死体をイメージしてしまう。故に原発ゼロのロゴマークを創るなら、一つの象徴としての水クラゲの姿こそ相応しいのではないか、と申し上げた。

脱原発か原発推進か。それぞれにそれぞれの考えがあるだろう。

しかし次回の選挙の際に、自分がどっちの旗印を掲げるのか。そのことだけは判り易い形ではっきり選挙民に示して欲しい。脱なら白とか推進なら赤とか、ポスターを見て、一目で判るような形で。そして通ってから意見を変えるような今回の轍だけは踏まないで欲しい。政治そのもののメルトダウンだけは、勘弁していただきたいものである。

（２０１２年８月21日号）

近いうちに

近いうちに逢おうぜと言ったきり、もう10年も逢わない奴がいる。

近いうちに飲もうかと別れたきり、全然飲んでないし、別に飲みたいとも思わない奴がいる。

近いうちに返すからと言って金を借りて行ってそのままの奴がいる。

近いうちに結婚するよと何度も耳元で囁いたくせに60過ぎて独りの奴がいる。

近いうちにびっくりする作品を発表しますと宣言したくせに以後十数年何も書かない奴がいる。

近いうちに連絡するよと言ったのに、全く連絡して来ない奴がいる。

近いうち、やっと故郷に錦を飾りますと言いながら、まだ錦を飾れない奴がいる。

近いうちに俺は死ぬよと言いながら、全然死ぬ気配のない奴がいる。「近いうちに」という日本語は、僕の中では左程に曖昧であり胡乱《うろん》である。その「近いうちに、国民に信を問う」と一国の総理が野党の総裁に宣言し、相手もそれを受け入れたのだから、さァ、「近いうちに」の定義とは一体何時のことなのかと政界もマスコミも首をひねり、喧喧諤諤の議論になったのには、あきれるより何より笑ってしまった。

言った方も言った方、応じた方も応じた方、常識的に考えるなら、そんな言葉に応じるわけないから、実は2人の間には、世間には内緒だが、実はかくかくこの時期にという極秘の正解が厳然とあって、それを世間に言わないだけの話だろうと、まァ愚民は密かに推察するだけだが、ガキの約束というか、酒席の放言というか、こんな無責任な日本語が国政の場で堂々と語られるのを聞くのに、僕らはいつまで我慢しなければならないのだろう。

46億年の地球の歴史から見れば、1億年も近いうちと言えるかもしれないし、20万年の人類の歴史の中で言えば数百年も近いうちの範疇に入ってしまうと言えるかもしれない。

土台、政治の世界には、リアリティも誠意も感じられない虚辞の濫用が多すぎる。国民に信を問うという言い方だって、選挙で国民の審判を待つといった方が、我々愚民にはずっと判り易いし、心に届く表現ではあるまいか。

昨今、政治家が何かというと口にする「粛々と」という表現一つとっても、何か政治家は、古今の美辞麗句を探し求めて、それを使うことで大した内容もない中身を荘重に轟かせているように思えてならない。

それにしても。

と改めて思うのだが、近いうちにとは本当にどの位の近さを指す語なのだろう。この原稿が活字になるころ、近いうちはもう到来しているのだろうか。それとも気配もないのだろうか。そしてこの言葉に応じた谷垣サンは、想定通りになっているのだろうか。それとも想定のはるかな外で、だから政治家の吐く言葉は！　と1人髪の毛をかきむしっていられるのだろうか。

（2012年9月4日号）

因果関係

大津の学校のいじめ・自殺問題で、教育長がこう発言した。いじめと自殺の因果関係がはっきりしない。

因果関係という言葉がどうも近頃ひっかかる。因果関係とは、原因とそれによって生じる結果との関係だが、因と果の間には当然様々な事情が混在する。AがBを刺殺した場合、加害者Aと被害者Bがはっきりしており、因果関係は歴然と成立する。それでも事情を検証して行くと、元の原因はBにあったりして、一筋縄では説明しにくくなる。

かつて富良野塾の水源が突然枯れてしまったことがあって、この時はその一帯の井戸が全て枯れ、これはその上流の森を永年にわたって皆伐して来たことに原因があるのではないかと思い、農水省の知り合いに調べて欲しいと頼んだことがあったが、因果関係が証明できますかと言われて引き下がるしか術がなかった。僕らではとても証明できないから、調べてくれと問うたのにである。

去年福島から避難して来て今も富良野にいる2人の小学生（兄弟）の甲状腺に、エコー検査で膿疱が見つかった。弟7歳。兄10歳。去年の6月まで福島にいたから放射線を浴びた可能性がある。この夏帰省して福島市の病院で検査したところ、弟の場合左側に膿疱ともしこりともいえないものがあるとのこと。ドクターは甲状腺の形状がもともと人とちがうためか、それとも甲状腺の凹みのところがたまたまそう見えるのか。

ともかく判断がつかないから心配であれば北海道の大学病院で再診して下さいということで、一方10歳の兄の方は右側に2・6ミリ、左側に2・5ミリの膿疱ありと、こっちははっきり言われている。同じ環境で暮らしていた兄弟に突然このような症状が現れたということは、当然福島・原発・放射能という一つの筋道を考えるのは当然で、母親の心配は想像に余りあり、今知り合いの大学病院に頼んで再診を始めつつあるところである。しかし、とここで考えてしまう。

もし兄弟の甲状腺の膿疱が明らかに膿疱だと認められても、それが放射能の影響かどうか、その因果関係を証明するとなったら、とてもではないが非常な困難を伴うのではないか。

原発下請け労働者たちに様々な不調が発生し、それが現場での苛酷な労働条件の中で明らかに基準値を超える放射線被曝のせいであっても、これまでさほど表向きに騒がれず、〝原発ぶらぶら病〟などという曖昧な表現で片づけられてしまう、この現状を知れば知る程、かつてのイタイイタイ病、水俣病を否応もなく想起してしまう。

因果関係を証明するのはまことに厄介な難題である。否定を前提に考えるものと肯定を前提に考えるものでは、いずれもバイアスがかかってしまう。まして真実を隠蔽しようという政治的意志が働くとしたら客観的判断はとても無理である。それを克服できるのは、倫理観であり、利害を排除した善性だけだろう。

（2012年9月18日号）

愛国無罪

中国の反日デモにしばしば登場する「愛国無罪」というあの言葉。不気味である。自国のための愛国的行為ならば、どんな事をしても許されるという意味の中国語。もともとは1936年反政府運動で使用された「愛国無罪　救国入獄」というスローガンが語源だというが、毛沢東の文化大革命以降、中国共産党に忠誠を誓わせる教育や反日教育が強化されるにつれて、反政府運動をすりかえるための反日デモにおいてこの言葉が使われるようになり、特に2005年4月、中国各地で起きた反日デモ以降、頻繁に使われるようになったという。その意味は、「愛国心からの行為は罪ではない。それが罪だというのなら愛国者は全員犯罪者である。さあ逮捕して入獄させよ！」ということになろうか。

戦後日本人は「愛国」という言葉を避けて通るようになった。国土を、家族を、同胞を愛するという本能的根源的愛国の感情を、軍国主義時代の好戦的侵略的意味合いへの激しいアレルギー感覚から十把ひとからげに忌避することに徹し、愛国という言葉を不用意に言おうものなら、たちまち右翼というレッテルを貼られた。そして右翼は街宣車という悪いイメージに結びつき、この国から愛国が消滅してしまった。緊迫を増している東シナ海のトラブルの中で、中国や韓国の高圧的態度に日本人はひたすら怒りを示すが、さァいざ本気で戦うかと言われたら、今の日本人の果たしてどれ程にそれだけの覚悟・根性・愛国心があるのだろうか。

05年の電通総研・日本リサーチセンターのアンケートによれば、「もし戦争が起こったら国のために戦いますか？」という設問に、「はい」と答えたパーセンテージは、

米国　63・2％

韓国　71・7％

中国　75・7％

に対し、日本はわずかに15・1％。日本はダントツの低い数字。次点はドイツの22・7％

である。世界最弱の軍隊しか出来まい。このことを平和日本と讃えるべきか日本の堕落と憂うべきか。

一方この国における愛国の解釈を、経済発展という一点に絞って考えてしまっている大いなる錯覚があることに僕は大きな疑いを感じる。

経済のためなら何をやっても無罪。万一放射能を日本中、あるいは世界中にまきちらすことになっても、それは現在、今この時点での日本の国力を増すことになり、即ちそれは日本という国を愛するが故だから愛国無罪ということにならないか。もしそのように考える者がいるなら、これは激しい亡国の思想であろう。

重ねて言うが、「愛国」とは、故郷を、国土を、家族を、仲間を、愛し守るという本能的想いである。無罪とか有罪とかそういう問題ではなく、経済とか景気とかそういうことでもなく、もっと根源的生存権なのである。今何よりも切望するのは愛せるこの国が欲しいという願いである。

（2012年10月16日号）

島

竹島、そして尖閣の問題。二つの国がそれぞれ自分の領土だと主張し、それぞれがそれぞれの歴史を持ち出して互いに一歩も譲らない。この論争に果たして結論はあるのか。一つの島の話を想起した。カナダ西海岸・北緯54度にあるクィーン・シャーロット諸島。今はハイダ・グワイ（ハイダの地）と呼ばれ、世界遺産として認定されている群島である。僕はこの島を毎年のように訪れ、現在のプレジデント、グジョーとは心を許し合った親友である。

この島には元々ハイダ・インディアンと呼ばれる先住民が住んでいた。グジョーはその先住民の一人である。カナダ建国の時、この島はカナダの国有地ということになった。その時ハイダの人々はそのことをさして重大に考えなかった。ハイダを始めとする先住民には、元々土地を〝所有する〟という概念がなかったからである。ハイダのみならず先住民には土地を所有するという概念がない。その代わりに彼らには代々、先祖から受け継ぐトラップ・ライン（罠をかけて良い縄張り）というものがあり、そのトラップ・ラインの自然を守って子孫につないで行くという思想がある。だから彼らにはその思想だけがあり、所有という概念には無頓着だった。だから国有地になったということに別段異議を持たなかった。ところが１９７０年代、ある木材会社が太古の森であるこの地の森の木材伐採を国に申請し、それが許可されていきなり森林の皆伐が始まる。ハイダの民は仰天する。トラップ・ラインが犯されたからである。ここに至って彼らは立ち上がり、島そのものをロックアウトし、カナダ政府と対決する。グジョーたちは逮捕され、世界の環境保護団体が立ち上がって彼らを応援し、十数年の闘争の結果、北島の一部のみに伐採が許可され、南島は全て伐採禁止。そして何年か後、この南島は世界自然遺産に認定される。今この島はハイダ民族の管理下に置かれ、入島許可は年に千数百人。入島許可人数は1回に12人。一度入った場所は1カ月以上人を入れない。そのようにして彼らはその土地の自然を徹底的に守っている。そこは今猶太古の森であり、島をとりまく海域は海産物の宝庫である。ある年そこで釣り糸をたらしたら面白いように釣れるので、つい調子にのってどんどん釣っていたら、「お前そんなに喰えるのか」と言われて、いたく恥じ入った覚えがある。

ハイダは別に人を拒まない。ただし、欲望と商業狩漁を拒む。領有権を主張するのではなく、自然の恵みを界隈の人々が未来までずっと受けられることを願う。故にその地の自然を大事にし、自然の保全に最大限気をつかう。

今、竹島や尖閣の問題に、僕はこの視点が欠けていることを悲しむ。

中国人であれ韓国人であれ台湾人であれ日本人であれ、貧しい漁民がその日の糧のために漁場を求めるなら自然は許すだろう。国家の面子は別次元の論である。

（2012年10月30日号）

復興予算

だから言ったじゃないか、と叫びたい。

復興予算のことである。

以前この稿で復興庁の本庁の所在を、東京でなく東北被災地に置くべきだと書いた。しかし結局、復興庁は東京に本拠があるらしい。

3・11の後、僕は何度も被災地に足を運んでいる。今年の夏は気仙沼の町を見下ろす宿に3日間滞在した。眼下にはまだ瓦礫の残骸があちこちに残り、打ち上げられたままの船さえそのままの被災した町が拡がっている。そういう町の跡を連日見ていると、一体ここをこれからどのように復興して行くのかという想いが、心の全てに沁みこんでくる。一寸視察に訪れて僅かな時間そこにいただけで、一晩も泊らずにまた東京に帰って行くのと、その場所にどっかり腰を据え、連日荒涼たる景色を見ているのとでは復興への想いが全くちがうはずである。

今年の3月11日には、南相馬といわきの豊間地区で1万本のローソクを灯し、そのためにその準備を含めて何日も被災地で時を過ごしたが、それでも被災者の辛い心情はとても判るまいと痛感した。

復興庁が新設され、復興相まで任命されても、今回のような、まことに唖然たる復興予算の使途が発表される。これは一体何なのだろう。復興を司る復興相や、復興予算を分捕ろうとする霞が関の官僚たちが殆んど現場に駐在しないのでは、こうなることも当然である。今回の予算をぬけぬけと計上した、手も目も汚さない中央官庁の役人たちの行為は、我々が必死で捻出している税金を掠《かす》めとる明らかな横領であり犯罪である。我々は責任者をあぶり出し、罰として彼らをこれから数年、現地に左遷する必要がある。復興予算は、あくまで今回の東北被災地の被災者救済のために使われるべきであり、それはまず彼らの今置かれた現状を直視、熟知することからしか始まらない。その責任を、国は、政治家は、官僚は、殊に復興庁の役人は改めて直ちに果たすべきである。それには東京にいるのではなく、連日窓外に被災状況を見られる現地に住所を移すべきである。復興庁は東京でなく、被災現場に置かれるべきである。

3・11はレコードで言えば、A面とB面があるといえる。A面は地震・津波の天災被害であり、言いかえればこれは宇宙システムの中での地球変動の生んだものである。それに対してB面の方は、原発事故という人災である。両者を含めての3・11だが、性質からいえば相当に違う。しかもこの両者を包含しての復興庁であり復興予算である。そういう予算の使途の中に核融合の研究費まで計上するとは一体どういう神経であろうか。

くり返していうが、上の方々は現地をあまりに見ていない。亡くなった方、住居を失った方、職を失った方、ふるさとを失った方。そうした人々の真の痛みを真剣に見つめ、それと向き合って欲しい。そうでない者には復興を口にする資格すらない。

（2012年11月13日号）

監視

僕は自分を右翼だとも左翼だとも思っていない。しかし時には首をかしげることがあり、右にかしげればあいつは右翼、左にかしげればあいつは左翼と、仰天するほど断定されることがある。

鳥でいうなら首、胴、尻尾。それを中心にして動いているつもりが、世間の目からは右翼の羽搏き、左翼の羽搏きが時として人目を引くためにそうしたレッテルをいつか貼られていて、そうなの？　と自分で驚くことがある。

自分は自分の座標軸の上を、ぶれずに進んでいるつもりでいても、世の趨勢はそれを許さず、こっちが曲がったと決めつけられる。戦後の歴史をふり返っても、戦時中左翼と称せられていた人がいつのまにか右翼にされてしまっている。本人はちっとも変わっていないつもりなのに、そう思われるのは迷惑である。

脱原発か原発推進か。どうも現在この国において、この問題への明確な意志表示が、左か右かを分類するところの人へのあからさまな判断基準になっている気がする。

経産省資源エネルギー庁が原子力関連の広報事業の一環として２００８年から10年度にわたり、計４０５０万円の国費を投じて新聞・雑誌の原発報道を「監視」していたという恐ろしい記事が毎日新聞の11月1日の紙面に載った。

その記事の中身を見てみると、マスコミの数々の原発批判が一々丹念にチェックされており、たとえば10年3月14日毎日朝刊の「敦賀一号機きょう運転40年。原発延命時代、容器配管劣化に不安」という同紙の記事もやり玉に挙がっていて、その記事に談話を寄せた大学教授について報告書は「反原発の論客である。しかし健全な科学的立場をとる学者先生方の支持は受けていない」と記している。読みようによっては、反原発が不健全で原発を推すものが健全であると、エネ庁ははっきり偏った見方でマスコミ報道をも検閲してしまっている。

さすがに東電福島第一原発事故後の11年度以降は「原子力推進の観点からの広報は見

直す」としてこのチェック体制は廃止になったらしいが、こうしたことが戦後60年を経た民主主義国家で行われていたという事実は、形は変えても今でもこの国では似たようなことが行われているのだろうなァという疑心暗鬼を否応なく持たせる。言論統制、報道操作、そして検閲という暗い時代を想像してしまう。

エネルギー不足を真剣に思うから原発推進を願うものがいたっていい。それでも放射能は怖いから脱原発を叫ぶものがいてもいい。国の未来を真剣に思うとき、二つの考えは当然あっていい。只、その是非を論ずるときに、それはあくまでも理の上で論ずるべきである。国家権力が姑息な手段で論敵を封ずるために卑怯な手口を使ったり、あいつは左翼だ、あいつは右翼だと差別的言辞を弄することだけは、もういいかげんに止めようではないか。

日本は大人の国なのであるから。

（2012年12月4日号）

万歳

衆議院が解散し、衆議院議長がそれを宣言した。すると、全議員が一斉に立ち上がり、与党も野党も（野田総理だけが立ちもせず、ただ1人ブスッと坐っていたのが目を引いたが）両手をあげて大声で万歳を三唱した。これにはおどろくというより、かなりの違和感を感じた。彼らはどういう意味をもって嬉しそうにみんなで万歳三唱したのか。

変にそのことがひっかかり、辞書で「万歳」の意味を引いた。すると次のような解釈が出てきた。

①長い年月。よろずよ

②いつまでも生きること。いつまでも栄えること

③めでたいこと。祝うべきこと

どう考えても①と②ではなさそうである。すると③？

衆議院の解散がそんなにめでたく祝うべきことであろうか。

野党にとってはそうかもしれないが、政権与党にはそんなはずはなく、ましてや我々選挙民にとっては、まァそろそろ解散して今の政権は変わった方がいいかなァと考えている人もいるにはいるだろうが、では次の政権が何処へ行くのか、行ってどうなるのかということを考えると、手放しにめでたいとも思えないし、現職議員諸氏のように、明るい顔で声をそろえ、解散を祝うという心境にもならない。

更に辞書の中の続きを読むと
④貴人の死を忌んでいう語
誰も死んでないからこれでもあるまい。
⑤祝福の意を表すため両手をあげて唱える語
一体何を祝福するのか、そこのところが判らないから、どうもこれでもなさそうだ。

すると続いてこういう意味が現れた。
⑥転じて、お手上げの状態。即ち物事に失敗したり、どうにもならない状態になった

りする語。「万策尽きて万歳する」

これか！　とやっと納得した。

だがそれにしてはみなさん晴々と嬉しそうに大声で万歳！　を三唱している。これは一体何なのか。そこのところがどうもよく判らない。

中国や北朝鮮の党大会で、全員がそろって手を叩くのも、かねがね不気味に思っていたが、わが国会の万歳三唱もどこか似ているなと気味悪く思った。

漫然たる僕の解釈では、③の「めでたいこと。祝うべきこと」が最も身近な意味である気がするが、それすらも戦時中、出征兵士を送るにあたって、戦地に赴きたくない若者、行かせたくない家族の全てが、心をかくして「万歳！万歳！」と絶叫していたあの情景を思い出すとき、心にもない想いを一種の勢いで表明していたあの習慣には欺瞞を感じる。

それは衆議院解散に際しての一つの儀式であるのかもしれない。だが国民はそれを心から喜ぶところまではしない。「スミマセン、スミマセン、スミマセン！」と謝罪を三唱してくれた方が嬉しい。

（2013年1月1日号）

御神木《ごしんぼく》

11月末のNHKニュースが、驚くべきニュースを小さく伝えていた。神社の境内に立つ御神木は、地域の信仰の対象であり、中には樹齢数百年を超えるものも珍しくないが、その御神木が不自然な枯れ方をするケースが四国を中心に各地で相次いでいるという。

2012年7月には愛媛県東温市の総河内大明神社の境内で、樹齢500年を超える幹廻り4メートルの2本のヒノキの御神木が同時に枯れているのが発見された。樹齢500年ということは、安土桃山期に発芽した樹である。地元では最初、寿命が尽きたのでは、と思われた。ところが1カ月後、神社の管理を任されている地域住民のもとに、ある木材業者が訪ねて来て、倒れると危ないから早く伐った方が良い。自分たちが伐採して買いとろうと申し出る。そして結局２本の御神木を５５０万円で業者に売却する契約を結ぶ。ところが伐採寸前に大きな問題が発覚する。それぞれの木の根元にドリルで開けたらしい直径５ミリほどの穴が複数発見されたのである。

愛媛県林業センターは、この穴が木材に詳しい人物が意図的に開けたものだと推測する。根拠は穴の深さが４センチ程だったこと。木は表面から４センチ程の部分に水を吸い上げる管が通っている。しかもその穴の中から除草剤に含まれる成分の一種「グリホサート」が検出されるにいたり、これが幹の中心部に影響はなく木材の質は低下させないまま葉や枝だけを枯らすという明確な計画的犯行であることが判明する。ＮＨＫの取材によれば、こうした不自然な御神木の枯死は四国を中心にここ10年で少なくとも25本に上っているという。

質の良い大木は歴史的建造物の再建や文化財の修復などで常に一定の需要があるが、国内にそうしたものは人が入れない山奥や神社や寺の境内にしか残っておらず、11年の実績でも１本単価６００万～７００万円を下らないという。そうした背景が今回のような忌まわしい犯罪を引き起こしたのだろうか。

たとえば北海道の開拓史を見ると、一つの村や町が出来るとき、最初に出来るのが学校や役場と共に神社や寺であり、それを取り巻く鎮守の森は、その時新しく植樹するのでなく、以前からそこに育っていた潜在自然植種をそのまま利用して使うことが多い。即ちそれらはその地の神であり、故に神木として敬うのである。昔僕らは子供の頃、そうした御神木を少しでも傷つけたり、犬が小便をかけたりすることを、厳しく禁じられ、犯せば天罰が下ると言われた。アイヌの思想では更に厳しくあらゆる自然に神が宿るといわれた。東洋の思想では常にそうである。自然は人間の都合によって征服されて良いという西洋の思想とは大きく一線を画している。

金銭のため、儲けのために御神木を殺すということの一事は、既に日本人が神をも畏れぬ恐ろしい民族に成り下がったということであろうか。

（2013年1月15日号）

100円ショップ

ごくたまにだが、100円ショップというものを訪れて物を買う。こんなものが!?という物がわずか100円で手に入り、どうしてこれがこんな値段で！　とその廉価に首をかしげてしまうことがある。

大量生産、大量消費、大量廃棄の時代とはいえ、100円ショップで常に感じる悲しみは、これを作った人々の汗と涙と労力がわずか100円に値することはあり得ず、これを現実に作った人々が、己の作品を100円ショップで目撃したらどんな想いにかられるのだろうかという残酷すぎる心情をどうしても想わずにいられないからである。

僕のおやじは終戦後すぐの頃、自然科学関係の小さな出版社をやっていたが、当時そんな本は全く売れず、手塩にかけたそうした新本が結局廃棄物同然にゾッキ本屋に叩き売られていくのを言葉もなく悲し気に見つめていた。そんな記憶が僕の中にあるから１００円ショップで売られる商品への奇妙な愛惜があるのかもしれない。

どんな小さな作品にも、その製作者には製品に対する愛着があり、それが今の世の１００円という最小価格で叩き売られることは、製作者にとってはたまらないことだろう。たとえそれが人件費の安い東南アジアの商品であっても何か理不尽を僕は思ってしまう。物は製作者の労力の賜物であり、いかにちっぽけなものであっても製作者の矜持、尊厳に関わるものと思うからである。

２０１２年秋、東京芸大で、尊厳の芸術（The Art of Gaman）という展覧会を見て心ゆすられた。

戦時中アメリカ在住の日系人が強制収容所の中で苦しい時を耐えるため、鉄屑を拾い、炉で溶かしてナイフやハサミを作り、椅子やテーブルといった実用品から始めて絵画・彫刻などの芸術品を作るに至るその諸作品を展示した作品展である。スミソニアン博物館でまず展示され、話題を呼んで日本各地で現在も開催されているものである。

感動した。

殆ど涙が出た。

作品の質の問題ではない。

そこに物作りの根本の情熱、思想、想いを見たからである。金儲けのために作るのではない。他人のために作るのではない。己のために、いわば生きている証のために懸命にコツコツ物を作る人の本性を見たからである。希望もなければ先も見えない強制収容所の中にあって、作るということに生き甲斐を求めている人々の魂を見たからである。

知識と金で前例に倣ってつくることを「作」というなら、金はなくても智恵を使って前例にないものをつくることを「創」という。ここにあるのは正しく創の世界である。

100円ショップにある製作物が、そうした製作者の意志を無視して、ただ廉価のため、商売のためにあり得ない値段で売られているのを見る時、常に僕の中に飛来する悲しみは、それを作った人の汗と努力に感情移入してしまうからである。

（2013年1月29日号）

記憶

記憶のうすれが徐々に強くなり、周囲と起こす摩擦の回数が増えた。

「言ってません！」

「言いました！」

「言ってない！」

「言った！」

不毛なこのやりとりが度重なり、互いの声が次第に大きくなり、遂にはやけくそで叫ぶこととなる。

「俺に、過去はないッ!!」

このセリフ、最初に思わず発した時は、我ながら良いセリフだと感銘したのだが、何度も使ううちに光を失い、周囲もあまり感心しなくなり、ばかりか最近はこっちの記憶力の低下を利用して、本当に言っていないことまで

「言いました」

「言ってません！」

「仰いました」

「仰ってません！」。どうも作為的に人様のボケを悪用されている気配すらある。

多分人間の脳には、記憶を収容する容器があり、それが余りに満タンになるとストレスを起こしたりして具合が悪いから、どうでも良かったり都合が悪かったりする事柄は次々に脳から排泄し、記憶からどんどん消し去って行くのが健全な人体の維持のためにセットされている仕組みであるような気がする。近年のようにインターネットやらスマホやら入ってくる情報の量が多すぎると、何が大事で何が不要かその区別が複雑で判らなくなり、大事なことを簡単に忘れ、つまらないことばかり覚えているという一種の脳の崩壊現象が社会全般に起こっている気がする。

これを世間では認知症というらしいが、たとえばわずか2年前、あれ程の衝撃で日本

人を捕らえた東日本大震災、特に原発崩壊というあの大事件が早くも日本人の記憶から薄れ、昨年暮れの総選挙の折の一般庶民の関心事を見ても原発のことより、景気・経済のことの方があっさり上位に来てしまったのを見ると、日本人はいつのまにか一億総認知症化したのではないかと心配になる。我々は実に忘れっぽくなった。

20年前にはそんなもんなかったケイタイのない時代が思い出せない。パソコンのない時代が思い出せない。コンビニや自販機のない時代が思い出せない。そういうものがなかった時代、我々はどのように暮らしていたのか。

そうしたリアルな映像というものが、余程じっくり考えこまないと頭にはっきり像を結ばない。そしてその頃、そうした利器がなかったことを果たして不便と認識していたのか。そんなことはなかったと漠然と思う。しかし事態がいったん進み、便利という美酒にどっぷりつかると、未開だった過去は記憶の彼方に消える。同時にどっちが幸せな時代だったか、それを考える思考力も薄れる。

どうもやっぱりヒトという生き物は、重度の認知症に罹っているように思う。

もしかしたら神はいずれはヒトというものがパンドラの箱を開け、不幸にうずもれるという未来を予測して、健忘という救いを与えてくれたのかもしれない。

（2013年2月12日号）

一億総認知症

3月11日がまた近づいている。

去年の3月11日、僕は富良野塾OB、富良野自然塾のスタッフと共に、福島の南相馬といわきの海岸線で、津波で亡くなった死者を弔うべく1万本のローソクを灯した。今年もいわき市豊間の浜で同じ催しをやる予定である。

豊間でやるのには理由がある。塾OBの女優の1人が、そこで両親、祖父の3人の家族を津波に流され失ったからである。3年目になる現在も、彼女はそのショックから立ち直れず、精神を病んだままにいる。彼女ばかりではない。あの事故以来、何度か訪れた東北の被災地で故郷を奪われ、帰る場所を失った何人もの知り合いが、常に心中にずっと坐っている。殊に原発事故で立入禁止区域となった福島の人々のことは片時も心から離れない。

今僕は『明日、悲別《かなしべつ》で』という舞台を持って全国を回っている。

悲別とは北海道の架空の炭坑町の名前である。29年前、第8次石炭政策で国から見捨てられ、閉山に追いこまれた夕張・上砂川・歌志内・芦別・赤平などの、古里を追われた棄民たちのドラマを、『昨日、悲別で』というテレビドラマで書き、閉山後の炭坑の若者たちから頼まれて『今日、悲別で』という舞台を書き、更に昨年、3・11を受けて『明日、悲別で』という新作を創った。

この舞台を持って去年の夏、東北被災地を回ったが、その反響が思いのほか大きく、殊に福島の方々から、今この時期に是非この芝居を東京以西で演って欲しいと要望されて今回の旅が始まったわけである。東京以西でという切望は、原発問題が日本各地でどんどん風化されつつあることへの彼らの怒りと焦りからである。

どうもこの国のマスコミ報道を見ていると、悲劇にもどうやら「旬」ということがあるらしい。

3月11日が近づけば、またぞろ紙面にはあの災害への記載が増えてくるのだろうが、その時期が過ぎればさてどうなるのか。マスコミのみならず政治社会を見つめても、当時あれほどさわぎ立て、原発ゼロと叫んでいた国民が、景気や経済の方に視座の重点をいつのまにか移してしまったかにみえる。いやなことは早く忘れてしまいたいのも結構だが、こうまで早く忘れられてしまうと、日本人はいつのまにか一億総認知症に罹ってしまったのではないかと、甚だ心細い不安にかられる。

原発問題に関していうなら、あれから何が変わったのだろうか。

懸案になったままの原発廃棄物の処理問題は一体どういう進展を見たのか。解決策が見当たらないまま、原発再稼働、新設へと動くなら、既に飽和状態に近づこうとしている核のゴミは一体何処でどう処理する気なのか。「未来というゴミ箱」に捨てようというのなら、我々の世代は全て子孫から犯罪者として糾弾されても仕方ないことになるのではないのか。

（2013年3月26日号）

スピード

東海道新幹線の小さな駅で、こだまの来るのをじっと待っている。この駅はほとんどこだましか停まらないから、待っている間にのぞみ、ひかりが凄まじい勢いで何台も通過する。そのスピードは恐いほど速い。全てが完全にスピード違反である。

ここに飛び出したらひとたまりもないだろうし、もし線路上に何らかの物体が紛れこんでいたら一体どんな事態が起こるのか。普段ひかりやのぞみに乗っている時はそんなことを考えもしないくせに、ホームから見ていると恐くなる。このスピードであの重い車輛が連日何千何万の人間を弾丸のように運んでいるのかと思うと、これまで一度も大きな事故が起こらなかったのが、不思議というか奇蹟に思える。紛れもなくこれは神を畏れぬ狂気の速度である。警察はこれをあたりまえと思わず、反則キップを切るべきである。

森の時計はゆっくり時を刻む。だが、人間の時計はどんどん速くなる。色紙を頼まれるとそんな言葉を下手くそな字で書くことがある。文明の進歩は物質面のみならず、スピードの加速というものを必須条件として要因に加えてきた。何年か前までアメリカから日本へ来るコンテナ船は8日という時間を要したが、今は7日で着くようになった。その1日の短縮に、石油の消費量が30％増えたということを経済学者に聞いておどろいたことがある。

ヒトはどうしてこんなに急ぎ、スピードを善として賞讃するのか。カール・ルイスやウサイン・ボルトが0・何秒速く走ったのがトップニュースになるぐらいだから、元々ヒトは速いということに只ならぬ憧れを持っていたのかもしれないが、その憧景が一般社会のあらゆる暮らしにまで及んでくると、わが身を含めてこれでいいのかと時々フッと不安になってくる。

ヒトがどのようにスピードを速めようと、自然のスピードは無関係に千年一日おっとりと時を刻み、木の生育のスピードは速まらず、動物たちはのんびり原野を歩き、記録更新の欲求を持たず、天体は一律の速度で回転する。

その中で暮らしているヒトというこの不思議な生き物だけが速度というこの宇宙の秩序を存分に破り、生き急いでいる。これは一体何故なのだろう。人類はさほど永くないのだよ、だから急ぐ人は急いだ方が良いよと、どこかで神がニヤリと笑っている。そんな情景を想像してしまう。

ヒトはスピードを妙に尊ぶ。科学が発達し、スピードがどんどん手に入るようになると、ヒトはそのスピードを得るために何の惜し気もなく金を使う。これと定められた寿命の中で出来るだけ多くを為そうとすれば、たしかにスピードは便利かもしれない。

だがそのスピードが人生の中で大事なものを見落とさせることに果たしてヒトは気づいているのだろうか。弾丸のように通過して行くのぞみの座席に座る人は、果たしてこの駅が何という駅か、読みとることが出来ただろうか。

（2013年3月12日号）

教師

最近教師との接触が多い。その中で常に違和感を覚えてきた。若い教師たちと話す機会に、あなたたちの仕事は何だと思う？　と質問すると、知識を伝達すること、という答えがしばしば返って来て僕を戸惑わせる。教師の使命とはそういうものなのだろうか。齢とった教師たちと話をすると、こういう話題が時折出てくる。昔、教師は教え子の結婚式に年中招待されていたものだったが、近頃そういうことは滅多になくなった。一寸淋しい、というぼやきである。よく判る。

先日、30名程の教員の10年目研修というものにひっぱり出され、こういう質問をぶつけてみた。生徒に好かれているという自覚のある方は？しばしの間があって、5人程の先生が遠慮がちにおずおずと手をあげた。では尊敬されているという自覚のある方は？

苦し気な笑いが場内に洩れ、結局1人も手をあげなかった。では生徒を家に招いたことがある方は？　手を上げたのは1人だった。ほとんどの教員がないと答えた。

内心いささかショックを受けた。無論、世の中そういう教師ばかりではあるまい。僕の親しい現役の教師にも、年中生徒を家庭に出入りさせ、家族同様に扱っている人もいる。こういう教師は恐らく生徒の結婚式にも呼ばれ、一生の付き合いを続けて行くのだろう。

僕の場合で言うのなら、そうした恩師が何人かいたし、それらの先生は今の教師の基準からみれば、とても優れた教師とはいえないかもしれないし、何を教わったかと言われても、教わったことがすぐには思い出せず、しかしそれ以上に身に余る量の人生、人間性、豊かな心情をさり気なく与えて下さった気がするのだ。

そうした教師が少なくなって、ただ知識や情報を生徒に伝えるのが教師という職業の使命だと考えている。それが現在の教育者であるというなら、生徒にとってこれは不幸であり、社会にとって何とも淋しい。

体罰問題が教育界をゆるがすと、あらゆる識者・マスコミがこぞって暴力はいけないとひたすら叩く。無論、感情にまかせた体罰がほめられたことでないことは自明の理である。しかし、教師が愛をもって生徒を叩く時、叩いた教師の手も痛いのであり、それ以上に生徒の心を傷つけたことに教師自身がいかに心を痛めたかということにも少しは思いを馳せるべきではないか。

富良野塾という私塾を26年間やって来て、僕は年中自責にさいなまれた。直接的暴力はふるわなかったが、僕は年中蝿タタキを手にして机を叩き、自分の愛情と怒りを表現した。

僕らはハエですかと抗議されて、それでは馬に昇格させると音を出す道具をムチに変えた。決して直接叩いたわけではない。いや2〜3回軽くなでたかな。しかしそうやって生徒を怒った日、僕は吹雪の夜道を帰りながらどうしようもない自己嫌悪に落ち込んだ。叩く側の手も激しく痛むのだ。

（2013年3月26日号）

砂の山

3月10日、福島に入った。

去年に引き続き3月11日に、いわき市豊間の海岸線に追悼のローソクを灯すためである。豊間では富良野塾の塾生の1人が両親と祖父を津波で失っている。それを慰めようと、塾生30名と海岸線2キロの堤防の上に1メートル間隔でキャンドルの列を作ったのだが、それを迎えに来た被害者の女優は見る影もなく痩せ細っていた。あの事故以来、彼女は精神を病み、どこにも出られないでいるらしい。

3月10日は凄まじい風の日で、落ち合い場所にした南相馬一帯は、舞い上がり吹きつける土ぼこりでまともに目もあけられない状態だった。その中を、火力発電所のある原町地区の浜辺に行くと、異様な光景にぶつかった。きれいな砂浜のあちこちに無数の大きな穴が掘られており、掘った砂がいくつものボタ山のような山になっている。その中に黙々と働いているボランティアの人たちの姿があった。

その中心にいたのが上野さんという1人の男性。彼は津波で両親と2人の子供を失い、しかし最近まで立入禁止区域だったため、未だに出てこない家族を求めて連日浜辺を掘りおこしている。掘ると砂浜から瓦礫が現れ、それが梁や根太、大きな建物の残骸と判ると、その中に行方不明の家族がいるのではと、ボランティアと共にあたりを掘り進める。未だに家族は出てこないが、立入解禁になった半年程前から連日その作業を続けているのだという。今はもう出てくるのが家族だろうとなかろうと、そんなことを考えなくなっちまったと、陽灼けした顔で明るく笑ってみせた。

このボランティアの人たちはどこから来ている人たちですかときいたら、主に関東圏という答えが返ってきた。

あの事故の後、無数のボランティアの人々がこの被災地に集結した。しかし時とともに、そうしたボランティアの数はぐんぐん減少した。それでも今もってこうした人々が遠くから手弁当でやってきて黙々たる作業に従事している。彼らは掘り出した瓦礫をみんなで抱え、1カ所に集めて浜を整理する。整理しつつその中に埋まっているかもしれない行方不明者の遺体を探している。見ているだけで胸が熱くなり、それに比べて1年に1度キャンドルを灯しに来るだけの自分の行為が恥ずかしくなった。

厳戒区域の浪江・双葉・大熊等の各町は、時折警戒のパトカー、消防の車輌が通るだけで人っ子一人歩いていない。震災当時のあのままに崩れた家があり、垂れ下った電線があり、ひび割れた道路のすき間から無数の雑草が生い茂っている。浪江町にある知人の家を探そうと思ったが、どうしても見つからず、尋ねようにも人がいないという現実にふと気がついて愕然とした。強風だけがびょうびょうと路地を過ぎて行く。ここはあの日のまま、死の町である。帰りたくても帰れない住民の心情を考えた時、胸にまた熱いものが突き上げた。

（2013年4月9日号）

1票の格差

地方はどんどん人口が減っている。

それはいい。大変結構なことである。騒々しくないし、平穏静寂。大体1人の占拠できる土地面積が、たとえそれが私物でないにせよ、広大であるということを考えると、何やら人間が大きくなった気がしてひとり心中わくわくしてくる。愉快である。だがここに一つ問題が出てきた。1票の格差という問題である。

日本は元々農業国だった。それが終戦後、工業立国を計るようになり、1960年代から金の卵とおだてられた地方農家の次・三男坊を中心に都市へと民族大移動を始めた。コンクリートとアスファルトとネオンと豊饒に魅入られた彼らは都市の生活がすっかり気に入り、アスファルトの上で交媾し、ネオンの下で異常繁殖し、一極集中という今の形態をつくりあげて、そこに集まる金と仕事を餌に益々異常なる増殖を加速する。権力も財力も知力も発言力もすべてがそこに集中しているから、金を軸とする経済思想が彼らの心脳を冒し始め、気づけば彼らの出所たる田舎、地方、食の生産地、酸素と水の源泉である自然というものの重要さを忘れた。そういう人間が寄り集まって人口密集地を形成し、政治や社会を動かしている。

一方、地方に残った人間は、そういう文明の恩恵と無縁に、いや中にはむしろ豊饒に溺れるを潔しとせず、ある者は食料生産に励み、ある者は全ての人類のために酸素と水を供給せんと森林を育て、貧幸の中で生きている。こういう2種類の人間がいる。一方は過密地に生きるものであり、他方は過疎地に生きるものである。さて、1票の格差の問題に戻る。

国家はヒトが作るものであるから、ヒトの意見をバランスよく選択せよとする今回の1票の格差に関する各裁判所の違憲判決はよく判る。至極もっともだと愚生も賛同する。賛同しつつ「?」と思うのは、密集地に住む多数の人間の正義と過疎地に暮らす少数の人間の正義とを、同じ秤で計ってしまって果たして良いのかという素朴な疑問である。

いや、正義という言葉はふさわしくないかもしれない。

正義というより、哲学、価値観。たとえば老人と若者の間、戦争体験者と戦争を知らぬ世代、土を知る人間と知らない人間。それらの一方が過密地に集結し、他方が過疎地に細々と暮らすなら、過密の民の意見を多く採り、過疎の民の声が届きにくいという危うい事態を、この格差違憲判決は招いてしまうのではあるまいか。

地方に住んで三十有余年。社会の動勢を見つめていると、ああ中央の意見だなァとか、都会の感覚ではそうなるんだろうなァとか、それは地方では違うんだけどなァとか、そういう動きがしばしば認知され、仕様がねえや俺たち少数民族なんだからと諦めることに馴らされてきた。今回の判決がそういう事態を助長することにならねば良いのだが。

(2013年4月23日号)

修理人

朝のテレビをぼんやり観ていたら、修理人の特集をやっていた。かけつぎ（かけはぎ）、ミシンの修理、金継ぎ。いずれも一昔前には町でよく看板を見かけたが、今は中々見られなくなった商売である。商売というより職人業。かけつぎ屋さんは一応店舗をかまえ、息子と孫がそれを継ぐべく全国からの注文に応じている。

御当主の年齢は72歳。洋服にあいた孔を修理するのだが、裏からつぎを当てるのではなく、その服の目立たぬ所から小さく布地をとり、そこから色糸をとり出して、布地そのままに何とも緻密に1本1本織り込んで行く。その名人芸に瞠目した。

ミシンの修理屋さんはこれまた老人。マンションの一室に居を構え、電話で注文を受けると道具箱一つで出かけて行く。老人の家には、何と明治期の手廻しミシンから足踏み式、それ以後の電動型、あらゆる中古品が保存されており、注文を受けるとその修理箇所を推定し、予測される部品を、ストックのないものは中古品を分解し、調達して出張し、たちどころに修理してしまう。

金継ぎ（キンツギ）。これはかつてドラマで扱ったことがある。高価な皿や壺を割ってしまった場合、それを漆で接着し、継ぎ目に金粉をふりかけて新たな逸品に仕上げてしまう技術。昔は料亭の女将などにこの業を持っている名人がよくいた。

いずれも修理代は安くない。しかしそこそこ流行っており、それが職業として成り立っている。この番組を見て僕が心打たれたのは、そういう職人がまだ現存するということも勿論だが、高い金を払ってもそこに修理品を持ち込む人が結構まだいるということにだった。

物はこわれる。それは仕方ない。だが問題はその物体に人がどれ程愛情を持っているか、という点である。愛情がないからすぐ捨てる。そして新品を買い求める。そういう人間が余りにも増えた。ばかりか、今の経済社会は、物に愛情を持たないことを奨励し、新品を買わせることで利を稼ぐ。愛用していたコーヒー沸かし器がこわれた時、直そうとしたらもうメーカーに部品がないからと断られ、それよりこっちをと新製品を押しつけられて怒り狂ったことがある。これは新旧、便不便の問題ではなく、物への愛情、記憶への愛惜を人から奪おうという倫理なき商人の不埒な行為である。

僕もものづくりのはしくれだが、ものづくりの生き甲斐は、愛情をこめてものをつくり、購入した方にそれを深く深く愛していただくことにある。そこに無頓着な者にものづくりの資格はない。

資本主義社会では再生産不能のものは作るべきでないというらしい。戦後日本はその波に呑み込まれ、自作のものまで愛さなくなった。〝ものづくり日本〟などとよくまだ言っていられるものだ。

少しは修理人とそこへいく客を見習い給え。

（2013年5月14日号）

待機児童

昔ばなし、というものがある。

桃太郎、金太郎、浦島太郎、花咲爺さん、かぐや姫エトセトラ。これらの物語の冒頭は、「むかしむかしあるところに、おじいさんとおばあさんが住んでいました」で始まる。「おとうさんとおかあさんが住んでいました」で始まる昔ばなしに未だお目にかかったことがない。このことが永年ひっかかっており、ある日一つの結論に達した。

昔ばなしというものは、孫である幼児を寝かすために、祖父祖母が恐らく囲炉裏端か何かで語って聞かせるものであり、その場に孫を産んだ父母の世代は欠けている。言いかえれば父母はどっかに稼ぎに行っていて、孫を育てるのは祖父祖母の世代の仕事であったのではあるまいか。歳老い、現役を退き、暇をもてあそんでいる老世代にとって、可愛い孫の面倒を見ることはいわば理想の老後の過ごし方ではないか。歳とった方が子育ての経験も豊富だし、寛容力も身についているし、幼児を育てるには誠に適している。しかも第一余計な金がかからない。

こんなことをついつい考えてしまうのは、待機児童の問題がマスコミを騒がせているからである。

今や若い男女が結婚すると親から独立して暮らすのが常識で、そこで子供を産み、3ツ4ツという年齢になると、仕事のある男女は子供の面倒を見ることが出来ず、金を払って保育園に預ける。その保育園も定員があるから順番待ちをし、それでも入れず、何とかしてくれと悲鳴をあげる。一方、じいさんばあさんの世代は、孫と接したいのに中々逢わせてもらえず、暇があるのにと密かにボヤイている。この状況は何かヘンである。

一方に生活が苦しいのに、見知らぬ誰かに子を金で預けようと必死に待つ親の世代があり、他方に金なんか要らないから、面倒見させてくれと内心思い、だが言い出さない祖父母の世代がある。それがあたりまえになってしまっている。これは明らかに変な状況である。

少子高齢化が進む現在、高齢層には明らかに余剰労働力があり、しかもそれが身内の労働力ならこれを活かさないのは不思議である。

第一、これを高齢者側からみても、彼らの最たる生き甲斐をいえば、人から何かをしてもらうことでなく、人に何かをしてあげること、自分がまだ人の役に立っているという意識である。人の生き甲斐とはそういうものである。

親が遠隔地、たとえば田舎に住んでいるなら、余計良い。幼児は田舎の祖父母に預け、土に親しむ幼児期を過ごさせる方が、汚い空気の都会で育てるよりその子の未来のために数段為になる。

可愛い盛りを手元から離せない、そう思うなら金を使って他人などに委ねず、仕事など辞めて子育てに専念すべし。それが出来ないなら「待機」などせずに、田舎の祖父母にすがるべきである。

（２０１３年5月28日号）

憲法第9条・考

日本国憲法第2章第9条。

1、日本国民は、正義と秩序を基調とする国際平和を誠実に希求し、国権の発動たる戦争と、武力による威嚇又は武力の行使は、国際紛争を解決する手段としては、永久にこれを放棄する。

2、前項の目的を達するため、陸海空軍その他の戦力は、これを保持しない。国の交戦権は、これを認めない。

昭和21年、敗戦直後に公布されたこの憲法は、何とも破天荒に理想的かつ大胆なものであり、諸手を挙げて賛同する。賛同するが不安もややある。この国では今この憲法の9条を改訂しようという動きがあるが、その改憲論とも些か違う、次元の異なった不安である。

２００５年に世界の大学の共同調査が発表した「戦争が起きたらあなたは進んで国のために戦いますか」というアンケート調査によれば、「はい」と答えた人がスウェーデンで80％、中国で76％、韓国72％、アメリカ63％、その中で日本はダントツの最下位15％という数字である。

一方07年朝日新聞の記事によれば、「仮に外国の軍隊が攻めて来たら、あなたは戦いますか、逃げますか、降参しますか」への回答が

戦う33、逃げる32、降参する22、という悲しい結果である。戦争を放棄したのだから、逃げる、降参するが多いのも判るが、さてその時、家族を置いて逃げるのか、家族と一緒に逃げるのか、家族に危険が迫った時どうするのか、ここらの具体がこの回答からは見えてこない。国のためにということの根源は家族のためにということに帰すると思うのだが、そうなった場合どうするのか。

他方、戦う、故に軍備が要るとする9条改訂論者たちには、果たして自らが最前線に立つ具体的覚悟が本当にあるのか。俺はもう齢だから現場の戦闘は若者に任せて銃後で

行ケ行ケと叫んでいれば良い。そういう甘い考えはないのか。

１９８０年代、冷戦が激しくなり、領空侵犯のソ連機に対し北海道から1日何回も自衛隊機のスクランブル発進が行われた頃、ソ連が本当に北海道に攻めてくるという噂がまことしやかに囁かれたことがあった。その時自分は家族を守るために一体どういう行動をとるのかと、かなり真剣に考えた時期がある。

そうなればやっぱり戦うのだろうと、自分なりの厳しい結論に達した。だが今この国の国民を見ていると、ＩＴやぜいたくに溺れ切り、仮に軍隊なるものを作っても世界最弱の軍隊が出来るにちがいないと思えてならない。

愛国心とは言えないまでも強靭なる家族愛を持たない国民が戦争放棄をただ叫ぶのと、強い家族愛をもつ国民が戦争放棄を唱えるのとでは天と地ほどのちがいがある。後者には魂と思想を感じるが、前者には弱者の卑怯しか感じない。

戦争放棄という高邁な哲学は、断固たる覚悟から論じられるべきである。

（２０１３年6月11日号）

殺人ロボット兵器

米国などが開発する「殺人ロボット兵器」について国連人権理事会が研究開発の一時停止を求める報告書を提出した。科学は政治経済の手先となり、人道に反するものをも、倫理なく平気で開発しようとする。

戦争というものを、僕は単純に大がかりな喧嘩だと考えている。第二次大戦は第二次大喧嘩。湾岸戦争は湾岸大出入り。

ドイツからアメリカへ亡命したアインシュタインは、ナチスが原爆を先に持ったら大変だということからアメリカで原爆を開発してしまったが、それが実際にヒロシマ・ナガサキで使用された時、頭を抱えて後悔し、以後核兵器開発には徹底的に異を唱えた。

１９３９年製作のアメリカ映画、ジョン・フォードの名作『駅馬車』のラストに、こういうシーンがある。お尋ね者のリンゴー・キッドが悪漢と決闘に行くことを保安官が許可するシーンである。その時保安官がキッドに釘をさす。決闘は許可する。ただし、ライフルを使うことは絶対許さんぞ。この当時許される武器の限界はピストルまでだった。いつかその制限基準が、原爆となり、ミサイルとなり、遂には殺人ロボまで進んでしまった。

科学の進化による兵器の進歩の恐ろしさは、加害者が被害者の死を目撃せずにすむことにある。即ち加害者が被害者の痛みや苦しみや死というものを直接的に感じなくてすむから、自らの心の痛みというものを軽減できるということに大きな理由があるのだと思う。

刺殺した相手の返り血を浴びること、断末魔の無惨を見ないですむこと、新兵器というオモチャの開発のそれが一つの本質であろう。

アインシュタインが死の少し前に、新聞記者から「第三次大戦の武器は何だと思うか」と質問され、それに答えた有名な言葉がある。「第三次大戦の武器は判らない。だが、第四次大戦は、石だろう」。西欧の多くの人々がこの意味を以下のように解釈している。

第三次大戦でヒトは核を使い、地上は目茶々々に破壊され、人類は石器時代に戻っている。故に残された武器は石しかなく、戦いは石で行われるのだ、と。

僕の解釈は少々ちがう。

本当の意味で文明が進み、人類の叡智が進化したなら、戦争などという愚かなものに、科学という学問や膨大な金を浪費するのをやめ、たとえばブッシュとフセインが砂漠の中で石で殴り合い、白黒をつければそれでおしまい。それ以上でもそれ以下でもない。喧嘩というのは本来そういうもの。

アインシュタインはそういうことを言わんとし、判らんだろうなとニタリ笑ってペロリと舌を出してみせたのではないか。

そういう説を言うとみんなが笑う。そんな楽観論が通じるものかと、異口同音に嘲笑する。だが僕は人の叡智をそれでも信じたい。

（2013年6月25日号）

「左翼のクソ」

世間から既に叩かれている人間を、尻馬にのったように更に叩くのは小生の主義に反するのだが、今回ばかりは腹に据えかねて、遠くからゴツンと叩きたくなった。例の復興庁官僚・水野某のツイッターでの「左翼のクソ」発言である。怒りの理由はいくつもある。まずは「左翼」という言葉を、侮蔑的、差別的に使っている点。

左翼というのは本来右翼に対する対比語としてあるものだと思うのだが、霞が関界隈ではこの言葉が「体制に逆らう困り者」といった意味でどうも用いられている気がする。戦前よく言われた「あいつはアカだから」の用法に等しい。彼は特例だ、霞が関全体がそうだと思われては迷惑だという元官僚の発言をいくつも聞いた。

確かにそれはそうだろうが、現実にこういう暴言を吐かれると、自分はちがうとみんな言いながら、本心内心はこんなとこなんだろうなァと、どうしても愚者は誤解してしまう。

左か右かと問われれば、僕自身は自分を、左よりは右寄り、と何となく永いこと思い込んできたが、しかし原発には反対であり、まして今回の3・11以後の、棄民とされた人々の苦渋に対しては人間としてあたりまえの深い同情と痛みを持っている。すると水野某の辞書の中では僕もまた左翼のクソの一員となり、安倍総理夫人の昭恵さんも立派なクソの一員となるのだろう。

大体たかだか40代の若僧が、やわらかい椅子にふんぞり返って、世の辛酸をなめ、他人のためにがんばろうとしている大人に対してどうしてこういう無礼な暴言を臆面もなくツイッターに言い放てるのか。

霞が関に入るぐらいだから、きっと良い学校を出た成績優秀なエリートなのだろうが、となると彼のこれまで受けた学校教育では、品格とか礼儀とかは全く教えなかったのだろうか。

本来役人は国家の公僕、国民の僕であるべき筈である。だから僕らは高い税金を払い、彼らの生活費をまかなっている。そういう根源をすっかり忘れ、何らかの技術で出世の階段を上り、人の上に立つ位置についたことで自分は偉い！　と勘ちがいしてしまったとするなら、思いちがいも甚だしい。それこそ霞が関の——下品な侮蔑語を使うのはいやだから、敢えて上品にウンコと言うが、ウンコと呼ぶ以外言葉がない。

しつこく邪推して申し訳ないが、今回の「左翼のクソ」発言は、1人彼のみが発した言ではなく、彼の周囲では日常茶飯的に言い交わされていた常套句であったような気がしてならない。

こういう常套句はあたりを感化する。知らず知らずに周囲を洗脳する。そしてその洗脳に捕獲されたとき、人は正常な判断力を失い、本来の道を見失い、誤った道へつき進み、大袈裟に言えば国家を誤らせる。

直ちに公務員から放逐すべきである。

（2013年7月9日号）

抗日ドラマ

テレビの報道番組で知った話だから、信憑性については責任持てない。只その番組は僕が常日頃観ている番組で、世間を識るために、ある程度基準になっているものだから、無意識にある種の信を置いている。その夜その番組が報じた内容は僕にはかなり衝撃だった。

現在中国のテレビが、ゴールデンタイムに放送しているドラマの200本のうち70本、即ち3分の1が、第二次大戦中の日本軍の悪逆非道ぶりを描いた、いわゆる抗日ドラマだというのである。真偽の程は判らない。しかし番組のルポルタージュは、そうした抗日ドラマの中で常に日本軍人を演じて中国で人気のある日本人俳優を中心に描き、彼の中国における人気ぶりと、その人となりを追っていたから満更偽報とはいえないだろう。

だからといって僕は別にその俳優を責める目的でこの一文を書いているわけではない。

その番組での解説によれば、中国におけるテレビドラマの制作過程は、制作会社が制作したものをまず中国政府に送付して、その許可のとれたものがテレビ局に下ろされるという。そういうシステムであるという。となると明らかに抗日ドラマは中国政府の反日教育の一環である、ということになるらしい。重ねていうが、真偽の程は不明であり、中国国民という大国の意志を、それ程狭量だと僕は思いたくない。

第二次大戦中、僕はまだ幼い子供であり、あの大戦の責任について責を負う程の年齢ではなかった。にもかかわらず、あの大戦以後、僕の心には中国・朝鮮・東アジア諸国に対し何故か判らぬ罪の意識があり、香港・台湾を除くそれらの国々には、頑なに一度も足を踏み入れたことがない。朝鮮半島や中国の友人から、それはおかしい、是非来てくれと笑われ、何度も誘われているのだが、奇妙に頑固にそれに対し遠慮し、執拗に拒んでしまうのである。これは一体何なのだろう。自分でもその理由がよく判らない。

それらの国に親しい人はいるし、互いにリスペクトし合っている良い友人は数多くいる。それらの人々を僕は好きだし、恨みも何の後ろめたさもない。だが国と国、民族と民族が、根深い歴史的対立の中にいると言われると、その国をわざわざ訪れるのには何故か体が引けてしまうのである。これは甚だ不幸なことである。

豊臣秀吉のやったことや、戦時中日本軍のやったことの責任を今以って我々に課せられるのは甚だ迷惑だとしか言いようがないが、一方あの時代を経験もしていない現在の威勢良い政治家や識者が、どこかで得た浅薄な意見をふりかざして彼らの主張を叩くのを見ると、それはそれでどことなく違和感を感じる。

この決着をどこでつけるのか。愚者である僕には答えが出ない。だが言えるのはお互いヒトとして、ヒトという動物の同種属として、大人の原点へ今一度立てないかという想いである。

（2013年8月27日号）

8月の憂鬱

敗戦記念日が近づくと、言いようのない憂鬱に毎年襲われる。またあの終わらない呪詛の声が日本人に向けて発せられるからである。

原爆記念碑を見て我々は原爆という暴挙に例年怒りをあらたにする。だがそのことでアメリカ人を恨み憎むという感情はさほど持たないような気がする。だが中国や韓国の感情はちがう。彼らはあからさまに日本人を憎み、その傾向は年々増幅している気がする。

日本は何度も彼らに対し謝罪したつもりで僕はいるのだが、彼らは謝罪してないという。謝罪の仕方が足りなかったのか、謝罪の方法が悪かったのか。その余りの憎しみの執拗さに逆切れした日本の政治家や知識人が、言わずもがなの発言をしてしまい、更に彼らの怒りを煽る。憎しみの連鎖がどんどん増幅する。

「ヒトラーの子供たち」というドキュメントを見た。ナチスの犯したホロコーストの責任者、ゲーリング、ヒムラー、ルドルフ・ヘスなどの子孫たちの現在を追った何とも悲しい記録である。彼らも今や世代を重ね、孫たちの世代になっているのだが、甥や姪を含み、その苗字を名乗ることすら世間に憚り、ある者は自分の中の恐ろしい血が後世に伝わることを恐れて不妊手術を考えたりする。

そうした中で、ルドルフ・ヘスのまだ若い親族が、アウシュビッツに行くことを決意し、その地で、ホロコーストの被害者の末裔たちに面会し、己れの立場をしっかり告白して、彼らに謝罪の言葉を述べる。このシーンは何ともたまらないものだった。

硬い表情をした、こちらもまだ若い、20、30人の遺族たちが最初は探るように聴いているのだが、やがて1人が、あなたに我々の気持ちが判るかと、憎しみと怨みの声をあげると、口火が切られたように次々と激しい憤りの声が上がり始め、その中でヘスの親族は只黙って頭を垂れているしかない。その時、被害者の遺族の群から1人の老人が静かに立ち上がり、ヘスの親族である若者に近づいて、その肩に手を触れやさしく語りかける。

「私はこの強制収容所に入れられていて、生き残った者の1人です。君たちは罪悪感を持たなくてよろしい。ひどいことをしたのは君ではありません。君がやったことではないのですから」

若者は無言で老人に抱きつき、全身をゆらして激しく嗚咽する。激しく面罵した被害者の遺族たちも、1人また1人と若者に近寄り、無言でその肩を抱き、手を握る。このシーンを見ながら熱いものがこみあげ、僕も思わず涙を流していた。

敗戦以来70年近く。あの日僕はまだ10歳だったが、中国・韓国・朝鮮には一歩も足を踏み入れていない。かつて日本が彼の国にしたことに対する罪の意識が抜けないから足を踏み入れることができないのである。

アウシュビッツの生き残りの老人がヘスの遺族にかけたような言葉を大陸の民がかけてくれないかと、僕は8月にいつも思う。

（2013年9月10日号）

職人消滅

旧知の人間国宝、友禅作家の森口邦彦氏を訪ね、久方ぶりにゆっくり話して来た。

森口氏の住居兼仕事場のある京都小川通りの一画は友禅染めの職人たちの住む町であり、かつてはその通りで友禅のほとんどの製作過程が見事に連携され成立したという。

ちなみに数十年前のご近所の職業を列挙していただくと、悉皆屋、張り屋、引染屋、絵羽屋、下絵付師、紋糊屋、糊置屋、紋上画師、型染屋、湯焚斗屋、仕立屋、洗い張り屋、浸染屋、蒸し屋、汚点落とし屋、しぼ寄せ加工、板吊り加工……。

一口に友禅といっている工芸品が、如何に多くの職人の手による総合芸術であるかをうかがわせ、その工程の多さ複雑さに全く圧倒されてしまうのだが、昔のままに今仕事をしている家は、と問うと、ここも廃業、この家も廃業、3軒ぐらいしか今残っていない。

ということは、文化としてのそれらの職人芸が、いつのまにか日本から消えていたということであり、同時にそれらの文化を支えてきた数え切れない職人たちが、永い年月を経て失業して来たということである。

現にたまたま乗ったタクシーの運転手さんが、自分も友禅の職人だったといっていたが、こういう人たちが近代化の波の中で何とも無惨に消されてきたのだろう。今巻ではサラリーマンのリストラを社会問題としてとりあげるが、僕には文化の消滅というこの重大な損失を伴う職人たちの蒸発という事態の方が余程問題をはらむことに思える。かのチャップリンの「モダンタイムス」を想起するまでもなく、工業化・能率化の波の中で、古来職人の育んできた智恵と技との文化の伝承がこんなに軽んじられて良いものなのだろうか。

昔はシミ落としにも2種類あって、純粋にシミを落としてしまう技。シミをボカして判らなくする技。それぞれ得意とするシミ落とし屋がいたものだ。たとえば血のシミ。これにはウグイスのウンコがよく効くといわれたものだ。こんな智恵と技、一体誰が考え出したのだろう。

それでも京都にはまだまだ職人が残っている。それを求める人間がまだいるからである。地方はもっと悲惨である。寺町の老舗の紙屋「柿本」できくと、美濃紙の職人はもう3人しか残っていないという。

筆屋にしたって同じことだ。昔は漆塗りの職人などが使う繊細な細い絵筆の先の毛には、仔狸の首の後ろ側の毛、つまり、親狸が歯でそこを咬え、移動させたりするのに噛む部分、それが最も適していて、猟師は狸の巣を漁り、抜けたそういう毛を集めて来て筆屋に持って来て金にしたそうな。そんな話も今はもう聞けない。

「旦那」というものがいなくなったのが一番問題だと森口氏は嘆く。そういえば昔祇園のお茶屋で女将の嘆くのをきいたことがある。

旦那はほんまにいなくなりましたえ。お金はあっても芸を知りまへんねん。佐治敬三はんが最後の旦那はんどしたなァ。

（2013年9月24日号）

オリンピック雑感

オリンピック招致に成功して東京は連日お祭り騒ぎらしい。マスコミの騒ぎ方も只事でない感じだが、なにここまで一方的にはしゃぎまくれば天秤量《ばか》りのマスコミの力学。来週あたりは批判的記事が恐らくポチポチ出始めるにちがいない。

そんなお目出度い喜びの最中に、水を差す気はさらさらないのだが、どうしてもひっかかったことがあるので少しばかり愚見を述べさせていただく。

まず第一はブエノスアイレスのプレゼンテーションで安倍総理が原発問題に触れ、「コントロールされている(under control)」と言われたことである。僕の友人には耳を疑って、あの日航機の御巣鷹山事故で機長が最後に叫んだとされる（unable to control !）あれを引用したのかと思ったと言った奴がいたが、僕にも総理があいう場所でunder controlと平然と言ったことに、思わず嘘だァ！　と叫んでしまった。

続々見つかる汚染水漏れ。その対策にまだ決定打がなく、試行錯誤が続いている中で、一国の総理にこう言い切られたら現場の連中は蒼ざめるだろうなと、他人事ながら同情してしまった。

いくら招致に賭けているとはいえ、ここまで言い切ってしまって大丈夫なのだろうか。オリンピックまであと7年。その間に一体何がどうなるのか皆目見当のついていない今、政治家というものは大胆なものだと、肝の太さにほとほと感心した。それが一点。

もう一つはその後のワイドショーの中で、猪瀬都知事が「東京を不夜城にする」と公言したことである。東京が今以上に不夜城になる！　どういうつもりかと正直仰天した。

原発問題は終息などしていない。今猶福島では多くの被災者が、家を奪われ古里を失い、苦渋の暮らしを強いられている。その原因を遡るに、東京の豊饒に起因している。

2年半前のあの出来事の夜、停電の起こった東京都の夜を、暗い路面を歩いて帰りながら、東京人はそれぞれ多少とも反省の中にいたのではなかったか。これは自分たちが余りに電気を求めすぎたために起こったことではないかと。24時間のテレビの放映。イルミネーションやネオンの氾濫。終夜営業する無数のコンビニ。自販機、使い放題のパソコンやケータイ。それらをあの晩に反省しなかったか。そう思う僕が甘すぎるのか。

需要があるから供給の必要が出る。本来それがあたりまえのはずである。だが昨今世の中は逆転し、供給できるから需要を増やせと、供給主導の世になってしまった。供給の旗印のもとに企業が団結し、それをマスコミが宣伝であおり、ヒトの本来持つ「欲」に訴えて消費・浪費と世をおかしくした。かくて原発が不可欠となり、ああいう国際的事故をおこした。

僕ら国民一人ひとりが需要を抑えることが最も大事だと、今切実に僕は思っている。需要を抑え、エネルギー消費を抑えること。不夜城なんてふざけてはいけない。

（2013年10月8日号）

ささやかな抵抗

小さな牧歌的エピソードを書く。富良野から美瑛へ。このあたりに拡がる丘陵地帯は、十勝・大雪連峰を背景に四季それぞれの景色を誇る北海道でも今や有数の観光スポットである。

僕が富良野に移住した三十数年前には、別に誰一人その美しさを大きく叫ぶ者もなく、地元の見識者がひっそりとその景観を愛でていたに過ぎなかったのだが、僕と同時期に美馬牛峠に入植し、四季を通じてその丘陵の美しさに魅せられ、それを撮りつづけた写真家・前田真三さんの作品によって一躍脚光を浴びてしまった。

彼とはしばしば原野で出逢い、友誼を交わして来たものだったが、僕の書いたテレビドラマ『北の国から』が富良野に観光客を吸引してしまったのと同時期に、彼の写真集

『美瑛の四季』が美瑛から上富良野への丘陵地帯に圧倒的な観光客を呼んでしまったのが、何故か偶然連動してしまって、この界隈を旅行客にとっての観光スポットにしてしまった。

多分彼にとっても僕にとっても、折角手に入れた美しい女を、うっかり他人に自慢してしまったために万人の恋人にされたようなもので、その点、内心忸怩たるものがあるのだが、今更そんなことを言っても仕様がない。

いずれにしても、この界隈は今や観光の一つの目玉になり、観光客がどっと押し寄せ、観光業者はそれを喜ぶが、地元の方々のすべてがそれを喜んでいるとは思えない。畑は荒らされる、ゴミは捨てられる、秘かなそうした苦情をきく度に、こっちは身を縮めて小さくなっている。

そこがいったん美しいとなると、テレビは押し寄せる、CM撮影のロケ地になる。そのCMを撮った場所が新たな観光スポットとなって、ケンとメリーの木とか、マイルドセブンの丘とか、親子の木とか。中には哲学の木などという、木が深刻に考えているという不思議な形の木が有名になって、そこに×印をつけた観光客が現れ、怒った持ち主がその木を伐り倒してガイドブックから抹消させたとか、いろいろ地元は大変なのである。

そこへもってきて最近某CMが、畑の中に立つ5本のカラマツの大木に、今をときめく「嵐」の5人組を配した画を流したから、これが一挙に人気を呼んで観光客がドッと押し寄せた。峠道は渋滞し、畑は荒らされ、挙句の果てに事故が起こった。防風林としてそのカラマツを持つ畑の所有者は怒り、困惑し、伐り倒してしまうらしいという噂が流れたが。

ある日、その峠道を通ってふと見たら、いつもの渋滞も喧騒もなく、以前の静かな丘陵に戻っていた。何故か。

持ち主は5本の木を伐るのではなく、そこに小さな木を2本、新たに植えてしまったのである。「嵐」の5本の木は消滅してしまった。

持ち主のこの粋な抵抗が何ともおかしく嬉しくなって、僕はルンルンと丘の道を走った。

抗議や抵抗はこうでなくてはいけない。智恵とユーモアこそ世を変えるのである。

（2013年10月22日号）

スピード狂時代

ＪＲ北海道の事故が相次いだ。地元に住む者として恐い話である。レールの幅が規定より何ミリも広かったなどという話をきくと、思わず背筋を悪寒が走る。

汽車での旅は大好きである。車窓に移動する景色に見惚れながら、うつらうつらと他愛もない思索に身を委ね、飛んで行く町々村々の一軒一軒の暮らしの様などに勝手な想いを巡らしているひと時は、至福の旅情で心を満たしてくれた。

汽車での旅のそうしたゆとりが、いつのまにか我々から消えてしまったのは、多分あのスピードという怪物のせいである。スピードは暮らしの効率化を助け、経済社会をより豊かにと無限の恩恵を与えているのは確かだが、一方で古くからあった自然の速度に合わせた暮らしから我々をじわじわと遠ざけて行き、生活速度をいつのまにか異次元へ運んでしまったことも事実である。人工的スピードに馴らされた我々は何となくせっかちになり、怒りっぽくなり、せかせかと短気な生物になってしまった、という気がする。スピードは一歩操作を誤れば、とてつもない危険をはらんでいる、ということを、僕らはいつのまにか忘れてしまっている。レールの幅が何ミリかずれていれば、信号機が何らかの故障を起こしていれば、運転手が突然発作を起こしたら。限りなくある筈のそうした人為的想定外を、ある筈がないものと我々は仮想し、異常なスピードに連日平然と身を委ねている。

かねてから疑問に思っていることがある。需要と供給ということについてである。本来多くの人が希求し、こんなものが欲しいとして需要が起こり、それに対して供給が生じる、というのが事の道順、本来の筋というものだと愚者の愚脳は考えているのだが、どうも昨今は順序が逆になって、こんなものが出来ます、こんなことがやれます、とまず供給者が提案し、そんなことが出来るの!?　と大衆が反応し、そこに潜む危険をさして考えず軽率にそれに飛びついてしまう、そうした事態が多発して来た気がする。

供給者は科学と企業であり、のせられる需要者は大衆である。原発事故もその一例だが、今僕が首をかしげているのは、東京・名古屋間を40分で結ぶというリニア新幹線の超企画である。

かつて東京・大阪間を8時間かけてのんびり旅し、それを飛行機が1時間余で結ぶと言われたとき、あんな重い鉄の塊が空中に浮くなんて信じられないと、かなり長いこと利用するのを逡巡していた我々オールド愚者たちが今や平気で乗るようになってしまった。この変心は奈辺にありやと自らを疑う。

リニア新幹線のケースで言うなら、誰かがどうしても名古屋まで40分で到達したいと言い出したのか。そういう奴が現実にいるのか。それとも単に記録に挑戦したいのか。列車の車体にウサイン・ボルトのあの得意のポーズを刷りこむことを、JR東海は夢見ているのか。


（2013年11月5日号）

聞く耳

　NHKの国会中継を見るたびに、何ともいえず悲しくなる。論ずる人間の意見に対してではない。話を聞いている議員たちの、聞く態度、人の意見を聞く際の最低のマナーに対してである。

　隣の人と談笑している人、最初から相手を見下したようにうすら笑いを浮かべている人、全く話を聞いていない人。そうした我々の代表の、態度の非礼さに悲しくなるのである。あれでは相手の必死の主張をとても真剣に聞いているとは思えない。

　もしかしたら国会の質疑応答はあらかじめペーパーに記されていて、お互いその内容が判っているからあんな態度になるのかもしれない。だが少なくとも国民にとっては、初めて聞く質問であり、初めて聞く筈である。ふりでもいいからきちんと聞く態度をとってくれないと、その人間性を疑うことになる。多分僕らは議場での彼らの、そうした垣間見る人間性を見逃さず、信頼できるか信頼できないか、次の選挙への勤務評定を下しているのだ。そのことに気づかない並び大名は何とも愚かとしか言いようがないし、第一中継するNHKをはじめとする監視者としてのマスコミたちがその点を取りあげず、放置しているのは怠慢としか言いようがない。

Aが論を述べBがそれを聞き、聞いた上で考え、異があれば反論する。それをAが聞き、真剣に考え、反省があれば素直に撤回し、異があれば再びそれに反論する。それが議論の原則であり、欧米ではそれを学校の授業にとり入れている。だから外国の国会中継であそこまで相手の意見に耳を傾けない政治家の姿は見たことがないし、あれは相手を見下す以前に選んでくれた国民そのものを既に見下した無礼だと思う。

僕らの世界でいうならば役者の良し悪しは、セリフをしゃべっている時ではなく、相手のセリフを如何によく聞いているか、にかかっている。しゃべる以前に聞くがある。それをしないものは三流である。

今、大学で講義をしてみると、これに似た情景によく遭遇する。話をきいてない、きこうとしない、平然と眠る、私語を交わす、立ち会っている大学の教師陣がこれを放置し叱ろうともしない。腹に据えかねて怒鳴ったことが何度かある。すると教師は後でニコニコと、よく怒鳴ってくれましたと、詫びるでもなく感謝の言葉を吐く。これは何なのだと暗澹たる気分になる。

もしかしたらこうした大学での教育のルーズさが、世に出て国会議員になった時、身についてしまってああいう非礼を犯すのかもしれないし、あるいは国会中継を見た若者たちが議論とはあんなものとそれにならっているのかもしれない。卵が先か鶏が先か、そこの所は僕には判らない。

かつて教育とは、知育、体育、徳育という3本の柱で成り立っていたものだが、人の持つべき礼儀・礼節といういわば徳育の教えたものを少なくとも議員には持っていただきたい。

（2013年11月19日号）

神の目、法の目

名門ホテルチェーンのいくつもの虚偽表示を皮切りに、今度は老舗デパートでの偽装表示が明るみに出た。この先どこまでこれが拡がるのか、どの業界に飛び火するのか、不謹慎だが半分愉しみに報道を待っている。

日本人は悲しいことに、嘘つき民族に墜ちてしまった。多分、今回告発された者の何割かは、嘘をついたことへの後悔・反省より、それがバレてしまったことの不運を嘆いているにちがいない。どころかもしかしたら、内部告発の出所はどこか、その犯人探し、犯人憎しの感情の方に企業内のエネルギーが集中しているかもしれない。

偽装表示はどうして生じたのか。それはトップの指示だったのか、あるいは業績を上げろという上からの指令に何とか応えようと悩み苦しんだ中間管理職又は現場の責任者の浅はかな智恵から生まれたものなのか、そこの詳細は僕には判らない。だがしかし明らかに嘘をつくことを誰かが発案し、嘘だと判っている多数の現場担当者が、会社のついている嘘を守ろうと卑劣な沈黙を守ったことはたしかだ。

嘘には確信犯的嘘と、認知症的嘘の2種類があると僕は思うのだが、前者は元々明らかな犯罪。後者は発起者に罪はなくとも、それを見破った上で沈黙・隠蔽をせんとした者のこれも明らかな犯罪行為である。

それをバラしたら立場が悪くなる、会社の中に居場所がなくなると思うのは、会社・企業という狭い社会での物の考え方で、社会全般にその是非論は通じない。そうはいっても、と仰るだろうが、その非が社会に公表されたとき、当人も会社も大打撃をくらう。どうして、いつから日本人はこんな情けない民族になってしまったのか。起源は戦後の教育にあると僕は考えている。

戦前の教育は、知育・体育・徳育という三つの柱で成り立っていた。だがあの敗戦から徳育が欠け落ちた。嘘をついてはならぬもの、などという倫理の序の序が子供の心に届かず、戦後六十数年を経て今やその子供が企業のトップの座につく時代になった。そして徳育の欠落はあの敗戦時の教育現場の混乱の時代から改まることなく今に続いている。これでは日本人の心の衰退が進行するのも当然のことだろう。

昔我々は幼少の時代から、叩き込まれた一つの言葉がある。天に恥じぬか、神に恥じぬか、心に恥じぬかという倫理観である。修身の時間に叩き込まれたが、軍国主義的であるからという理由でか修身が廃止され、代わりに道徳という教科が生まれた。だがこの教科が真に倫理を教えているとはとても思えない。

倫理の代わりに法律が浮上した。法に従うことが人道なりとされた。同時に法の網をかいくぐることを思考する悪人が急増した。

法の網はくぐれる。だが神の目はくぐれない。神の目、言いかえれば良心というものを失った民族には破滅しかあるまい。

（2013年12月3日号）

足元

11月11日からポーランドの首都・ワルシャワで開かれたＣＯＰ19（国連気候変動枠組み条約第19回締約国会議）で、２０２０年までに日本はCO_2削減に関し05年比で３・８％減という新目標を各国に説明した。東日本大震災で原発の停止が相次ぎ、火力発電に頼らざるを得ないというのが、その新目標の決定理由であるらしい。だがこの目標はＥＵの１９９０年比20〜30％減、米国の05年比17％減に比べて大幅に見劣りすることは否めない。

このＣＯＰ19の開会式で、同条約のフィゲレス事務局長は、フィリピンを襲った台風30号をとりあげ温暖化の脅威を指摘したし、フィリピン政府代表団は「温暖化を疑う人は今起きている事実を見て欲しい。狂った状況を止めよう」と涙ながらの大演説をした。

かねがね地球上のこの「極端気象」を「温暖化」と表現するのはおかしい。温暖とは辞書でひけば「気温がほどよくあたたかで、過ごしやすい気候であること」と出ており、そこには何らの切迫感もない。これは「高温化」と表現すべきではないかと僕は主張し、富良野自然塾では「温暖化」ではなく「高温化」という言葉を使わせている。大体九百何十ヘクトパスカルであった台風の気圧が８００台まで下がってしまった今回の台風30号などは、まさに極端な異常気象であって、これが今後も起きるとしたら、我々人類は住む場所、建築物の再検討まで抜本的改変を迫られることになる。

高温化をめぐる国際交渉の科学的基礎を提供する文書であるＳＰＭの紹介によれば、１９９２～２００５年に３０００メートル以深の海洋深層で水温が上昇している可能性が高くなっているということで、７００メートルより浅い海洋上部で水温が上昇していることはほぼ確実であるという。ならば９００ヘクトパスカルを下回る巨大台風は今後も必ずや発生するだろうし、日本列島をそれが襲うのも時間の問題だと思えてならない。

地球が怒っている。

そう思えてならない。

ＣＯＰ19は最後の最後まで削減目標のことで揉めたらしい。先進国と後進国。それぞれの言い分があるのは判るが、神の目、自然の目から見たら、人類という勝手な生き物が何をつまらぬ些末なことを破局を目前にして争っているのかと呆れ果てておられるにちがいない。

同様、この日本で今揉めている、原発がなくなれば削減目標は達せられない。故に原発再稼働という主張も、天の眼から見れば短絡すぎて神々を呆れさせているにちがいない。

原発の危険と天然の危機を、対極に置いて是非を論じるのは、僕にはどうしても無理があるように思う。そのためにこそ人類の叡知は営々と蓄積されてきたのではないのか。津波はいやだ、洪水はいやだ、台風は熱波は高温化はいやだ。放射能の危険、勿論いやだ。だとしたら我々は目先の利に捉われず、全てを足元から真剣に考え直す時ではないのか。

（２０１４年１月７日号）

特定秘密保護法

言ってはならない秘密がある。洩らすべきでない秘密がある。だが人間は元々おしゃべりな生き物で、秘匿せよと言われれば言われるほど、絶対人にしゃべっちゃだめ。ここだけの話だよと断りながら得々と人にしゃべっている。親切心で人にしゃべるのか、俺はこんなことを知っているのだよ、どうだ偉いだろと、どこかで自慢したいからしゃべるのか、そこのところはよく判らない。

知る権利というものが世に言われだしてから、そんなこと知りたくないよ、俺にそんなことを聞かすなよ、という余計な情報まで耳に入ってきて「知らん権利」というものも世の中にあっていいのではないかと、かつてどこかに書いたことがあり、だから新聞もとっていないし、ネットの類は一切やってない。知ってしまえば愚かな自分は、どこかで得意気にその情報を他人に洩らしてしまうだろうことが自分にはよく判っているからである。

昔親からよく言われた。そんなこと子供が知る必要ないの。知らないでいいの。知らない方があなたの為なの。

特定秘密保護法案というものが堂々と国会を通過してしまったとき、昔親からよく言われたなつかしいこのセリフを思い出した。国の親たる政界のトップが、子たる国民に秘密を持つということは、それが知らない方が良いことだからなのか、知られてペラペラしゃべられては困るからなのか、そこのところが釈然としない。

多分しゃべられてはまずいことだから秘密を保護するという、そういうことだと解釈するのだが、するとその昔親が子供に、知るとあんたの為にならないからと親心から出たそのセリフとはかなり意味合いがちがってくるように思う。

知る権利という言葉の一方で、知る義務という言葉も、あらねばならないことであると思う。

親が子を思って述べる言葉と、親が親の為に、子のことを思わずに押しつける言葉では全く意味がちがってくる。福島の公聴会の例で見るように、公聴会を開くには開いたが、聞く側に聞く意志が全く見られず、いわば知る義務をあれだけはっきり放棄した親たちの態度を見せつけられると、子たる国民はどうしても親を信用できないと思うようになる。まして反論するデモの叫びを、あれもまたテロだなどと発言されると、親への信頼はますます薄らぐ。

国から、これこれこれに関しては、君らは知る必要ない、知る権利がない、と、知る義務を封じられた民たちの国家は、この先どこに流れて行くのか。

この道はいつか来た道

ああ、そうだよ――

今はあんまり歌われなくなったなつかしいこの唄が、過去という暗雲の彼方から亡霊の声のように流れて来る気がする。その歌声が聴こえる気がするのは僕1人なのか、他にもいるのか。

願わくばそれが幻聴でありますように。

（2014年1月14日号）

性善の誓い

年頭。

降り続く雪を見つめながら性善説について考えている。昔から自分は、人というものは性善であると信じて生きてきたのだが、ふと気がつくと最近己が性悪に傾いてきたのではないかと何かのはずみにハッと感じ、これはまずいと反省している。

物事を悪くとる。人の言動に悪意を見ている。こういう思考はそも邪悪であり、建設的であるとはいえない。

去年くり返された隠蔽問題、偽装問題。それらにかかわった全ての人間を悪党だと断ずるのは簡単なことだが、そこには自分の心の暗さが知らず知らずに反映されていて、もっと性善的思考をすれば、それは単なるドジな少数を何とか懸命に守ろうとする周囲の温かい心づかいなのかもしれない。そんなこと言ったら笑われるだろうが、笑われても騙されてもそういう心根を持ち続けることの方がどうも自分には合っている気がする。

性善説とは、中国古代の性論の一つで、人間の本性は善であるという孟子の唱えた思想であり、彼は、人には誰しも先天的に道徳的本性があり、故に人間は善を行うわけで、これを拡大しさえすればだれでも善人・聖人となり、人が悪を犯すのはそれを亡失しているからだと説く。この性善説はその後儒教の道徳実践の根拠となって継承・発展して行った。

一方性悪説。

これまた中国古代の性論の一つで、人間の本性は悪であるとする説。

こっちは荀子が唱えたとされる。

しかし荀子もまた人間の本性が本質的に悪であるとしたわけではなく、彼は、人間は環境や欲望によって悪に走りやすい傾向があると指摘しようとしたもので、したがって、礼や教育次第で人間は善に矯正できる、と説いている。つまり、いかなる悪も努力次第では直るということであって、あらゆることにおいて、人間の努力の継続こそが大切である、というのが彼の言わんとする基本理念であるらしい。

さて、今わが国における物の考え方。

政治・経済を監視するテレビ、新聞等のマスコミは、どうも性悪説をとっているように思える。週刊誌においては全くの性悪説。

そういうマスコミに日々洗脳される一般国民の頭の中が、知らず知らずに性悪説に染まって来たとしても、これは無理からぬ当然の成り行き。そもこの両説の先進国である中国・韓国の、わが国に対する主張・報道が、日本を性悪ときめつけるという自身性悪な見方を全く変えようとしないのだから、今や荀子説が孟子説を凌ぎ、グローバル性悪を推しすすめている。この先、未来に待っているのはどういう事態かと考えると、年始そうそう気持ちが暗くなる。

せめて我が身一つ、まことに微力ながら、でき得る限り孟子性善説にくみしようと思う。


（2014年1月28日号）

小野田寛郎氏

小野田寛郎さんが亡くなった。ある意味これ程稀有なケースでの戦争の犠牲者も少ないだろう。

小野田さんとは、お目にかかってお話を伺ったことが一度ある。数年前のことだったが、小柄ながら背筋がピンと伸び、実に温厚な老紳士だった。お聞きしたいことがいっぱいあったが、時間の制約もあり、聞きたいことの半分も聞けなかった。

僕の最も聞きたかったのは、30年に及ぶ孤島での暮らしの中で、最初行動を共にしていた2名の部下が次々に死に、最後の1年半は全く1人で生きられたということである。誰かしゃべり合う人間がいればいいが、全く1人で生き抜くという孤独感は一体どういうものであるのか。その孤独感にどう耐えたのか。その心情が最も聞きたかったのだが、氏はその質問に大した興味を示されなかった。そのことに僕はまた更なる驚きを禁じ得なかった。

昔、富良野塾の40人の塾生から、生活必需品を10ずつ挙げよというアンケートをとったことがある。

1位が水であり、2位がナイフ、3位が火で、4位が食料。その13位にヒトと答えた者が3人いて一寸意表をつかれたことがある。それは異性ということかと問うたら、異口同音にそうではないという。性別を問わず語り合えるものがそばに1人でもいてくれれば良い。それがいなければ単独ではとても生きていく自信がない。故にヒトにとってヒトは生活必需品だと言うのである。妙に感心してしまった。

次なる感嘆は火のことだった。

マッチはすぐに尽きるだろうし、火種もそうそうはもたないだろう。まして島内を転々と暮らす氏にとって火を熾す作業は日常茶飯のことだったにちがいない。とすると火打ち石を使うか、木と木を擦り合わし、摩擦によって火を熾すか。多分後者が主であったと思われる。ところがこの方法、僕も野外で時々用いるが、実際に試みると実にむずかしい。熟練の業を必要とする。

実は数年前、伊勢神宮で、神官が毎朝〝忌み火ぎり〟なる儀式をやって、その火で神々への食事を作るということを知っておどろかされたのだが、たとえば火という人間生活の必需品を、恐らく現代人の殆どはマッチやライターがなければ作ることさえできないのではないか。原発で電気をつくる科学者も、その是非を論ずる政治家も評論家も、多分小さなその火種を自ら熾すことはやってないのである。

小野田さんの驚嘆はそれをひとりでやり抜いたことにある。同時に氏の悲劇は、戦争終結をとっくに知りながら（これは氏の口から直接聞いた）、直属上官の許可がないから投降することはできないという軍の規律を30年間かたくなに守り通したということである。軍の規律とはそういうものであろう。その意固地を頑なに通した氏の30年に、国家というものへの哲学的反抗の姿勢を僕は見る。

（2014年2月11日号）

信なくば

「信なくば立たず」という孔子の言葉がある。

社会は政治への信頼なくして成り立たないという論語の中にある格言だが、〝昨年暮れ、東京・赤坂の日本料理店であった自民党町村派の元議員らの叙勲受章を祝う会合で安倍総理と顔を合わせた小泉元首相が総理にこう言ってアドバイスしたという。「一番大事なのは国民の信だ。信なくば立たずだ」。総理は「そうですね。国民の信が一番大事です」と応じ握手もしたという。なおこの会合には森喜朗元首相、山崎正昭参院議長らも出席していた〟（毎日新聞２０１３年12月18日）

孔子は、政治を行う上で大切なものとして軍備・食生活・民衆の信頼の三つを挙げ、中でも重要なのは信頼であると説いた。

以上は新聞報道によるものなのだが、ひと月おくれで中央から富良野への風にのり、霞が関筋から流れてきた風聞ではちとちがう。シンはシンでもシンの字がちがう。信ではなくて芯であるという。最近、下の方に芯がなくなった。芯なくば立たずだ、と小泉さんは仰ったのだという。

真偽の程は判らないし、書くには書いたが責任は持てない。でも信より芯の方がよっぽど人間的だし洒落ているし小泉さんらしい雅味がある。第一、政治の人が少し近くなる。それに、ヘンな意味でなく政治家たるもの、芯がなくては成り立つものではない。そう考えるとこの風聞、なかなか底に深いものを秘めていると感じる。

それにしても、と考え込んだ。こういう与太噺がすぐ世に流れるから、秘密保護法は必要なんだろうか。そもそも官僚・政治家を含めて口の軽くない奴っているンだろうか。

生き物の世界をつらつら眺めるに、口の軽い動物には未だお目にかかったことがない。人間だけに口の軽い奴がいる。我が身をふり返っても正直決して口がかたいとは言えない。人が喜びそうな話を手に入れたら誰かにしゃべりたくて、しゃべりたくて仕様がなくなる。

駄目な奴だと言われればそれまでだが、瞬時でも良いから人を喜ばせ楽しませ、世の中を明るくしたいのである。無論、ものにはけじめというものがあるから守るべき秘密は人にしゃべらないが、ものはずみとか異常な高揚とか、ついつい口が軽くなることがある。周囲の人間似たりよったりで、あくまでストイックに沈黙を守れるのは僕の界隈では高倉健さんぐらいである。

思うにこれはそもそも人間がしゃべるという他にない特殊技能を身につけてしまったことに原因があると思う。ヒトはしゃべるという技能をもって、他の生き物から何歩も抜きん出た。しゃべれるからしゃべる。しゃべりたくなる。生物学的に言えば、むしろ当たり前のことで、しゃべっちゃいけないことのある方がむしろ不自然で理不尽なのである。

信なくば立たず。芯なくば立たず。こんな巧みな語呂合わせを思いついたら、思わず得意気に他人にしゃべりたくなるものですよ。

（2014年2月25日号）

作品

佐村河内守氏の一連の詐欺事件。僕は被害を受けていないから別に目鯨を立てて怒る気もなく、よくもまァ天下のＮＨＫをはじめ、マスコミ各社そして世間をかくも大胆にだまし、楽しませてくれたものだと、不謹慎かもしれないが密かなワクワク感すら感じてしまっている。

誠に良い獲物ができたとばかりに、テレビ、週刊誌がこの事件をとりあげ、得意の一億総裁判員化、ひどい奴悪い奴と叩けるだけ叩くが、裏を返せばこの事件のおかげで週刊誌の売り上げは上がり、テレビの視聴率も少しは上がり、更には18万枚売り上げたという彼のＣＤによる利も含めれば、世間に中々の経済効果ももたらしたはずで、この時ならぬサムラノミクス。にんまりしている奴もいるにちがいない。

気になることが一つある。

佐村河内氏を悪者呼ばわりすることに事件の大勢が向いてしまって、では、ゴーストライターの新垣隆氏が創り、18万枚を売り上げたというこの交響曲、その内容が果たしてどれ程の価値を持っていたのか。

18万枚を購入した音楽ファンが、本当は中身を評価していなかったのにヴェートーベン神話に眩惑されてひたすらありがたく買ってしまったのか。そんなことはないだろうと思うのである。曲が良かったから買ったという人が多分大多数を占めていたのではないか。

五十数年前、「永仁の壺事件」というのが世間を騒がせたことがある。上野の美術館に収蔵されていた重要文化財「永仁の壺」が、実は永仁時代の壺ではなく、陶工・加藤唐九郎氏が作ったものであることがバレて大騒ぎになった事件である。

その頃僕はニッポン放送にいて「永仁の壺異聞」というラジオドラマを作った。永仁の壺を擬人化し、昨日まで評論家や学者が永仁時代の壺として称賛し、チヤホヤされてきたその壺が、突如贋作と判明した途端に重要文化財の指定もとり消され、世間の評価を失ってしまう。

その理不尽な地位の転落に彼は怒り狂い、深夜上野の美術館を抜け出し、山の下の飲み屋でしこたま飲んでぐでんぐでんに酔っぱらう。酔っぱらった壺は飲み屋からも放り出され、寒風にさらされて一人大声で叫ぶ。

「美！　美！　――美って何だ‼」

どういう経緯で誰が創ろうと、芸術作品の価値というものは、そのいきさつによって価値が変わるものではあり得ない。良いものは良く、悪いものはあくまで悪いのである。今もし仮にヴェートーベンの「運命」や「悲愴」が、実はゴーストライターの作ったものだと判明したとしても、「運命」や「悲愴」の評価そのものに異を唱えるものはいないにちがいない。

同様、佐村河内氏の作であろうと新垣氏の作であろうと18万人から支持されたその作品は、作品としての価値を失うものではないし、それではあまりにもその作品自体が可哀想だと思うのである。

（2014年3月11日号）

死について

知人の父親が脳梗塞で倒れ、意識を失ってもう半年。以来、全く回復の兆しはなく、意識のないまま病院で眠っている。

その間全く会話も何もなく、人工呼吸器で生かされており、家族縁戚は仕事をやめたり、看病のための疲労がかさなったり、相互の間が刺々しくなったり、どうしようもない苦痛の日々を過ごしている。そもそも最初の段階で人工呼吸器をつけますかと病院側から問われたとき、生かせるものなら生かして下さいと言ったのは自分たちだから、もう周囲が持ちません、外して下さいとこっちの側から言い出すこともできず、そのままずるずると時間だけが経ち、周囲の疲労は限界に達している。

病院側の立場も判るし、かと言ってこっちから死なせてやって下さいと言い切る度胸もなし。費用と疲労だけがどんどん蓄積して知人はある日小声で呟いた。医学はどうしてこんなものを人類のために発明してくれたンだ。

別の友人は母親が倒れ、嚥下機能が不全になって胃ロウというものを体に装着し、口を通さず別の場所から管を通して栄養をとり始めて久しい。そのため嫁がつきっ切りで看護し闘病生活を送っているのだが、当の母親は腹はくちるらしいが、味を味わうこともできず、こっちは意識はしっかりしているから、何か食べさせろ、口から入れてくれと、連日嫁に不満をぶつけ、姑と嫁そして夫との関係が近頃険悪になっているという。

こうした問題が高齢化社会を迎えて最近身近にどんどん増えている。

人の命は何にも勝ると、平和社会では絶対価値であり、ここに触れるのはタブーとされているから大きな声で誰も言わないが、さて、生きていると思えなくなった意志を失った人間に——既にこの言い方がタブーなのだが——もう死なせましょう、と宣言するのは、医師であるのか家族であるのか。

死なせましょうといえば聞こえはいいが、言い方を変えれば殺しましょうだから、法的に言うなら殺人罪になり、赤の他人の医師にとってはそんなリスクはとても負い切れない。さればといって親族にとっては、愛情と倫理からそんなことを言えるわけがない。

僕自身、過去にそういう経験を経ているのだが、この問題は深刻を超え、常にタブーという触れてはいけない領域のものとなる。しかしそのことで多くの人が苦しみ、医学は余計な進歩を遂げてくれたと内心思っていることも事実である。

数え80歳という齢に達してこうした苦痛を周囲に与えたくないというのが、僕自身の切なる胸の内である。病院の中でなく、原野の中で人知れず死に、その肉体を獣たちがついばみ、小さな生物が長時間かかってその骨を跡形もなく土に還してくれた時、それが本当の生の終わりだと、僕は心底思っているのだが、さて残った周囲がその希望を本当にかなえてくれるものなのか。文明社会は実に難しい。

（2014年3月25日号）

ヘイト菌

最近の家庭がどうなっているのか知らないが、少なくとも僕の少年時代には、人の悪口を言うことは最も下劣なことであり、それに類することを口から発したら、たちまち親から雷が落とされた。

悪口を口にしてはいけないということは、教育以前の親のしつけの問題であり、それが日本という国の民の一つの品格を保たせていた気がする。それがガタガタと音をたてて崩れたのは一体いつ頃から始まったことなのだろう。

ヘイトスピーチという何ともイヤな言葉がある。

感情的に人を攻撃し、公の場でまでほとんど堂々と他人や他国を中傷誹謗するこの耐えられない悪口の連鎖は、人類が獲得した「しゃべる」という能力から「書く・読む」

という範疇へと、文明の利器を悪用してどんどんヘイト菌をばらまいている気がする。

　インターネットを利用した悪口の蔓延。雑誌・マスコミを使った他国への攻撃。殊に最近の週刊誌や月刊誌の中国・韓国への露骨な誹謗は、文字という武器を使用した戦争行為への緒戦に見えて、国を危機へと誘導するあの頃のキナ臭いアジテーションを連想してしまうのは、ひとり僕だけの思いすごしなのだろうか。

　靖国問題、従軍慰安婦問題、領土問題。無論それぞれに異論・反論があり、それを論ずるのは当然の権利だが、他国から発せられるヘイトスピーチに、ヘイトスピーチで応戦するという品位も何もない悪口の応酬は、結局戦争という最終的破局へと連鎖の道を進んでいるとしか見えず、こんなことをいつまでも放置していて良いのかと厭な予感を感じざるを得ない。

　昔、物書きの道を歩み始めた頃、こんな出来事を何度か体験した。自分の書いた文章が思いもかけず他人を傷つけ、傷ついた相手から激しい叱責と怒りをぶつけられて、自分自身が反省以前に深く傷ついてしまったことがある。

　僕はまだ若かったし、自分の書いたことへの反省よりも、相手の叱責の理不尽さの方がどう考えても大きくて、相手をひどく憎んだのである。けれどその憎しみは自分の心の傷つきを癒してくれることには全く役立たず、結局傷はかさぶたになったまま僕の心にいつまでも棲みついた。その頃1人の先輩の文人に、僕はやんわりとたしなめられた。

文は他人を傷つけてはならない。たとえ100万人を感動させられても、それが1人を傷つけることになるなら、そういう文を書いてはならない。ただの1人でも傷つけることになるなら君にはまだ文を書く資格がない。この言葉はひどく心に響いた。以来その言葉を強く心に刻みつけているつもりだが時々不用意に犯していることもある。

重ねて言うが、しゃべることと書くことは、人類が他の動物から抜きん出るために過去に獲得した最大の遺産である。その類例のない貴重な遺産が、ヘイトウィルスに冒されてはならない。

（2014年4月8日号）

赤電話

ケータイを持って出るのを忘れて、久しぶりに町の赤電話を使ったら、コインの落ちて行くスピードに、電話の内容より心をうばわれた。

思えばほんの一昔前、長距離電話をかける時など、僕らは10円玉をいっぱい用意し、チャリンチャリンというその落ちて行くスピード、減って行く所持金に怯えながら、相手との用件をすませたものだ。

家庭の電話では事情が変わり、金の減って行く音が聞こえないから、ついつい長電話になってしまうのだが、考えてみると今のケータイやスマートフォンでも、明らかにコインは落ちているはずで、ただその音が聞こえてこないから、後日請求という詐術にのせられて知らず知らずに金を浪費する。

歩きスマホだの、ながらスマホだの、あるいは若者が1日6時間スマホを使っているなどという恐い話を聞くと、彼等はその金を生計の中から一体どうやって捻出しているのか、本当にそんなに稼いでいるのかなど、他人事ながら余計な心配をしてしまう。

最近夜中に風呂に入るとき、ローソクの灯をともして入ることを覚えた。これが何とも優雅にして乙である。

ローソクの灯のゆらぎが湯の上に映り、お湯をゆらすと己の老体まで、何やら妖しくエロチックに見えてきて、心がのんびりと若返ってくる気がする。こたえられない。何よりジリジリと蝋が溶けていき、その減り具合がはっきり目視できることが良い。

これが浴場の電気による明かりだと、一体如何ばかりの電気代がかかったかということは、おおよそ思考の外のこととなるし、いちいちメーターの減り具合を連日調べるという愚に近いことをされる方はおられまいし、月末に送られて来る電気代の請求書の中からそれを丹念に拾い出すという頬然な作業をしている方も、そんなにはいるまいと愚察する。

するとこれまた赤電話のチャリンという音を聞こえなくしてしまったことと同様、気づかぬうちに浪費させるという企業と科学が手を結んで成した文明社会の社会的陰謀に、ふと気づいたらノセラレテいたという、そういう事態になっているのではないか。

昔、花街では芸者さんの花代、即ちお座敷に付き合っていただける時間の料金を、線香代といっていた時代がある。芸者さんが座敷に登場すると、細い線香に火がともされる。蚊よけのためではない、時計代わりである。線香1本燃え尽きると、ホナ、オオキニ、と芸者は退席する。延長するには線香また1本。判り易い。焼き鳥屋さんで食べた分の串が皿にたまっていくのに似ている。

メーター、請求書、銀行払い。これらは全てその場の浪費額を判りにくくする仕組みである。と、リンショクな愚者は邪推する。

世の中の景気をよくするためには判りにくいことの方が都合がよいのか。そんなことを考えつつ僕はローソクの灯で湯にひたっている。

（2014年4月22日号）

風化

風化という言葉を考えている。

風化とは、地表およびその近くの岩石が、空気・水などの物理的・化学的作用で次第にくずされること。比喩的に、心に刻まれたものが弱くなって行くこと、と広辞苑にはある。

岩がくずれて砂になるには、おそらく何十年、何百年、いや何万年もの歳月を要するだろう。風化には本来それほどの時間が必要である。しかし世の中が進歩してスピードというものが幅をきかせ、次から次へと新しい情報が導入されてくる時代になると、脳の許容量には限度があるから、さしたることのないものはどんどん消去し、新しい情報が入るための空間を常に空けておかねばならない。そこで風化のスピードもアップする。

わずか3年前、あれほど世の中を震撼させた東電福島原発のあの事故が、もはや過去のものとして風化の速度をどんどん速めていることが、世のスピードについて行けない老人の脳には、何とも理不尽かつ絶望的に思える。

汚染水の問題、核廃棄物処理の問題、未だ仮設で暮らす人々の問題。ことは何一つ片づいていないのに、東京にオリンピックを呼びたいがために一国の宰相が世界に堂々と、というかぬけぬけとアンダー・コントロールなどと笑顔で公言してしまうこと。政財界挙げて原発再稼働に進行方向を変えてしまうこと。ばかりかその輸出まで公言すること。風化ということの恐ろしい力を今ほど切実に感じることはない。

岩が砂になり、塵になり、風になり、それが吹き荒れてどこかへ去った後、歴史は残留した風の破片を誰がどう記憶し、どう裁くのか。

従軍慰安婦、強制連行、六十数年前のあれらの事件すら、当時まだ生まれてもいなかったはずの69歳以下の若者が書物や聞きかじりの浅薄な知識で日本でも中国でも韓国でも声高に叫び、国際的緊張を高めようとしているが、これも僕には風の破片を、懸命に漁ってそれぞれの利のための論拠にしているように思えてならない。破片を集めて再構築したって、元の岩の姿、砂の姿、風の姿は形づくれない。

そう考えると、原発問題の今のこの極端な風化のスピードは、一見当代の我々日本人の物忘れ体質、健忘症体質、認知症体質のせいにされているが、どこかで悪意ある一つの意志が日本人社会の全てに対してそう仕向けているのではあるまいかと、ふと疑ってしまうのである。

何かがおかしい。

僕にはそう思える。

メルトダウンした原子炉の中から、核燃料は取り出せたのだろうか。取り出した燃料棒はどこへ行くのだろうか。どこでどう処理するつもりなのだろうか。汚染水となった冷却水たちはどこで飲める水に戻るのだろうか。

除染された土は、枯葉は一体どこにどのように保管され、危険のないものにどう戻るのか。風化とはもしかしたら、とりあえず今をごまかし、乗り切るための方便ではないのか。


（2014年5月13日号）

シルバーエイジ

シルバーエイジという言葉が、どうも最近ひっかかってならない。

マスコミなどの大まかな定義では、65歳以上の定年後の高齢者を、ひとくくりにしてシルバーエイジと言うらしいが、何が一体シルバーなのか。白髪が目立つからシルバーというのか。今や人口の25%を占めてしまったジジババ、老いぼれ、役立たず、厄介者。それをそう言っては角が立つから、一見美しいシルバーなどという言葉で表面尊敬したふりをしている。そういう陰謀に思えてくるのである。

たとえばテレビの視聴率。こっちはもっと思考が雑で、キッズ、ティーン、F（M）1、F（M）2、F（M）3と、視聴者の年齢を分類し、3となると50歳以上。これが一括りで調査対象となる。65歳以上が25%というのに、旧態依然、F1・F2以下を主たる視聴者と錯覚し、局もスポンサーも代理店もそれをターゲットとして番組を作るから大人が見たって面白いわけがない。この定義を執拗に守りながら自滅の道を歩んでいる。

65歳、定年後の年代をシルバーと括るのは仮に許すとして、僕自身の経験からふり返ると、65歳はまだ赫灼と脂ののりきった年代であった。70歳もまだ充分に肉体を使って仕事ができた。73歳にして自力を過信し、若者を率いて石を運ぶという肉体労働をしている最中《さなか》に、ガンと腰を痛め、脊椎管狭窄なる病名をいただいて杖をつく日常になってしまった。

杖というものは恐ろしいもので、これまで自前の2本の足で行っていたものをもう1本の足で助けてもらうものだから、本来の2本がどんどん怠け、筋肉が後退し、次第に弱ってくる。即ち、老化が目に見えて進む。しかし精神はあまり衰えず、気力は依然漲ったまま、目の前に80が近づいている。正義感・反骨心・喧嘩魂は反《かえ》って増大した気配すらある。

無論、周囲には気力を無くすもの、弱気になるもの、鬼籍に入るもの、そういう友人もどんどん増えるが、それでも中には90近いのに未だ色欲を失わず、舌鋒ますます冴え、夜な夜な巷を徘徊するという見上げた先輩も何人かおられる。

65歳以上をシルバーエイジと、一括りにするのは無神経だと思う。どうしても年齢で分類したいのなら65から80をシルバーエイジ。80から90をゴールデンエイジ。90から100をプラチナエイジ。100歳を超えたらダイヤモンドエイジとでも尊称していただきたい。

そして介護のことばかりを考えるのでなく、介護の要のない超老人に対する、いわば褒賞的暮らしの保障を出していただけると実に嬉しい。考えてもみたまえ。今このゴールデンエイジに突入した世代が、戦後の復興から日本を立ち直らせ、汗みどろになって働いて今の豊饒を築いて来たのだ。我々の発散する加齢臭こそ、次世代がむしろありがたがるべき、戦後日本の文化遺産なのである。


（2014年5月27日号）

ノーベル平和賞

今話題の日本国憲法第9条が、ノーベル平和賞の候補としてノミネートされたという記事を新聞の片隅で目に留めた。4月上旬の朝日新聞で、である。新聞の片隅と書いたのに他意はない。他の新聞にも出ていたのかもしれないが、何しろ僕は富良野に移住して40年近く新聞というものを取っておらず、たまに東京に出た時にホテルの部屋に入る新聞を見るぐらい。

だから余程の大ニュースならテレビで見るから知っているのだが、少なくともテレビでは大きな話題として取り上げられていなかったし、知人友人に尋ねてみても、かなりの人数がこのニュースを知らなかった。憲法改正が騒がれている時、本来各紙一面を飾るべき大ニュースだと思うのだが、僕の感覚がずれているのだろうか。それはいい。

神奈川の一主婦が思いつき、ノーベル委員会にメールを送ったのが発端だったらしい。発想のヒントは2012年にEU（欧州連合）がノーベル平和賞を受けたことである。理由は「欧州の平和と和解、民主主義と人権の向上に貢献したから」。ならば憲法9条を保持し、70年近く戦争をしなかった日本という国にも、これを受賞する資格があるのでは、と思い立ったのが始まりだったという。紆余曲折の末、2万5000人の署名を集めてノーベル委員会に送ったところ、同委員会から推薦を受理したという連絡が入り、正式に候補になったのだという。

今年の平和賞候補は278。10月10日に受賞者が発表される。ノーベル賞の受賞者は個人か団体となっており、推薦人はその受賞者を「日本国民」としたことで委員会はこれを受け入れてくれたそうな。よもや受賞とはなるまいが、候補となっただけでワクワクする。万一受賞したら、もっとワクワクする。今9条を見直そうとしているこの国の識者がどんな顔をし、どんな発言、どんな行動をとるかを想像してしまうからである。大体万一受賞した場合、一体誰がオスロへ行ってこの賞をありがたく拝受するのか。いくらなんでも安倍さんは行けまいから、それでは一体誰が行くのか。3晩ほどじっくり熟考した結果、ここはやっぱり畏れ多いことだが天皇陛下に行っていただくしかあるまい。陛下しか資格ある適任者はおられまいと不敬の民として結論を出した。

戦争放棄を憲法がうたった1946年11月3日。放棄することが本当にできるならそれは夢のような嬉しいことだが、本当にそんなことができるのだろうかと半信半疑で僕らは目をみはった。だがそれからの70年近く僕らは奇蹟的にそれを成してしまった。その奇蹟は将に世界が認め、まちがいなくそれを評価している。

もはや時代にとり残されているとか、そんな国は他にはどこにもないなどと、今をネガティブに思考するのではなく、先人たちが固守してきたように、それを誇りとし、絶対的な座標軸として不戦の記録を更新すべきである。

（2014年6月10日号）

カネコ君

いきなりヨオッと声をかけられた。

満面笑顔の老人が元気に手を挙げ、まっすぐ僕に近寄ってくる。反射的にこっちもヨオッと声をあげた。あげてから弱ったといつものように思った。相手が誰だか思い出せない。こういうことは近年しょっちゅうある。いつものあの手を使おうかと思った。たまに出席した同窓会などで相手の名前が出てこない時、苦肉の策で使う手である。

名前、なんだっけ。

すると相手はムッとして答える。いやだな、田中だよ。その時さわがず笑って切り返す。バカ、田中ぐらい判ってるよ。俺のきいてるのは名字じゃなく名前！　ファーストネームの方！　そうすると相手は思いちがいを恥じ、少し赤くなって小さく呟く。ユキヒロだよ、ユキヒロ。するとこっちは嵩《かさ》にかかって、そうだユキヒロ！　田中ユキヒロ！　その手を使おうかと考えたのも束の間、敵は早くも目前に迫り、僕の手をとりがっちりと握手して、いやァ久しぶり！　ア！　お前忘れたな、俺の名前！　ウウと言葉につまってる間に、ヤダナァ俺だよ！　カネコだよ、カネコ！　ア！　そうだ金子だ！　金子だ金子！　相手の名前を忘れた罪の意識に思い出したふりを懸命にするが、記憶が全く蘇ってこない。

夕暮れ。東京駅新幹線改札口前の雑踏。金子君は底抜けの明るい笑顔で僕の手を握ったままぐいぐいと何度もふり、イヤ今大丸の支店長にさ、日頃のお礼にって、これもらっちゃった。困る困るって断ったンだけど、いいからいいからって、ホラこの時計。ロレックス、そこらで売ったら18万円はするから取っといて。エ!?　いいからいいからとっといて！　ポケットに押しこまれ、困るよ困るよと出そうとしたら「旧交！　旧交！　黙って受け取る！」

何のかんのとまくしたてられ、こっちも瞬間邪まな気持ちが、そうか売ったら18万円か！　フッと思考が横へそれた時、ところで今そこで女の子を待たしてンだけど、手持ちがないの、手持ちの金が。一寸だけ貸して？

善良そうな金子君の顔が突如アップで目の前に迫り、僕は不純からドキンと醒めた。黙ってポケットからロレックス（らしきもの）を取り出し、金子君に向かって無言でさし出した。すると金子君はニコニコ笑ったまま、僕の顔をじいっと見つめ、いきなりその時計をサッとうばうと、人混みの中へパッと消えた。

しばらく呆然と立ちすくんでいた。

なるほど、詐欺師とはこういうものなのか。人の姿に物忘れの齢を見、それを巧みに利用して技をなす。その着眼点に妙に感動した。

新幹線の車中におさまり、今起きた出来事を思い返していると、突然小さな不安が浮かんだ。もしもカネコ君が本当の旧友で詐欺にあいかけたのは僕の思いちがい。彼の方が本当は傷ついていたとしたら。人混みに消えたカネコ君の後ろ姿が急に淋しく心を搏《う》った。

（2014年6月24日号）

国境

尖閣の問題がキナ臭くなっている。

四辺を海で囲まれた日本の場合、離島は別として直接国境で接している外国がないから領土侵害という問題に対しては、もともと危機感が薄いのかもしれない。昔レンタカーで北欧を廻ったとき、たとえばスウェーデンからノルウェーに入るのに何かゲートとか柵とか検問所とかがあるのかと思ったら、なんにもないのでびっくりしたことがあった。ハイウェイでドイツを走っていたら、どこで道をまちがえたのか、いつのまにかスイスを走っていたので仰天したこともある。地続きということの異国間同士では侵食ということの恐ろしさが常につきまとっているのだなあと妙に感心してしまった。

かつて初めて富良野に住んだとき、市の職員から最初に言われた。森を接しているA

という男。あいつは有名なヘナマズルイ奴で、夜中にこっそり地境いの杭を10センチ、20センチと移動させるから充分注意を怠らないように、と。うちとはそういうことは起こらなかったが、うちと逆側、市有地との杭をある日A氏がこっそり移動させたということで、動かした、動かさないで大さわぎになり、怒鳴り合いからど突き合いになって2〜3日怒鳴り声が森にひびいていた。こっちはむしろそのケンカが面白く、見物に行ったりして楽しんでいたのだが、その時しみじみと思ったのは、ああ戦争というのはこういうことから起こるのだろうなァという、妙に生々しい実感だった。

実際にこういうケンカを見物していると、事の正否を双方どこかで忘れ、互いが感情的にエスカレートしてくる。肝っ玉かあさんと勇名を馳せていたA氏の夫人まで戦列に加わり、ど突き合いからひっかき合いに進み、あわや殴り合いに発展しかけたのだが、ここで仲裁にとび出せばどちらかの拳が当方の頬を直撃するやもしれず、直撃されればこっちもカッとなって殴った相手に反撃することになる。そうすれば闘争は益々膨張する。

そもそもどっちが正しいかという論理を超えて感情が先走り、ケンカは戦争に発展して行く。自分が感情的動物であることには、自慢じゃないが自信があるから、とび出したいという衝動を抑えてただ見るだけに自分を抑えた。

論理の飛躍と笑われるかもしれないが、集団的自衛権の危険なところは、つきつめればこういう感情の噴出が、人間誰しも起こってしまう。中央でじっくり冷静に判断するのと、現場で思わずカッとなるのと、そこには大きな差があるのではないかと、どうしても考えてしまうのである。

憲法9条が70年近く、少なくとも日本人の血を流さずに何とか延々と機能してきたのは、我々人間がそもそも感情的動物であるということを愚直に認識しつづけて来たからであるとは言えまいか。

急接近して来た中国の戦闘機を、僕ならカッとして撃ち落とす気がする。それを辛うじて自制するのが憲法9条という国是ではないのか。

（2014年7月8日号）

恥

東京都議会の悲しい野次事件が、富良野の山中にまで流れてくる。

「まずは自分が産めよ」という言葉。「産めないのか」という低劣な便乗。「子供もいないのに」という差別的野次。日本を代表する東京という都市の、都民が選んだ選良たちがこうした放言を無責任に叫び、周囲がその野次をたしなめるでもなく笑い、それらがはっきりとテレビを通じてこの山奥まで、いや海の向こうまで届いてしまったという現実に、同国民としての僕まで恥ずかしい。更に1人の自白をもって幕引きに持って行くこの情けなさ。たまらない。

恥という言葉を改めて考える。

恥という観念は日本人の倫理観のいわば根底に位置するものだから、誰しも内心、心の底にそれはまだ生きているものだと僕は思いたい。とすれば、あの一場の悲惨劇がこのように公にさらされてしまったとき、当事者たちは今どのように、内心の恥を処理しようとしているのだろうか。名乗り出たものは。叫んでおきながら未だ名乗り出ない卑怯者たちは。その言葉をたしなめず笑ったものたちは。彼らを選んだ東京都民は。

はっきり言うが、東京人を、今度の一件で僕は軽蔑する。日本を代表する首都であり、知性も豊饒も政治権力も全てが集中するこの都市の市民が選挙で選んだ都議会議員がこの体たらくを露呈したというのに、それを自らの恥と感じないその鈍感さ故に僕は軽蔑する。東京が世界から呆れられることは即ち、日本が呆れられたに等しい。

他人のことを偉そうに責めるほど自分が立派な人間でないことはもちろん百も承知だが、今度のような一件にぶつかると、ほとほと日本人の品格は堕ちてしまったものだと感じる。人間誰しも過失はあり、自分自身もしょっちゅう犯している。謝ってすむ過失と、そうでない過失があるが、いずれにしても謝ることから始めないと事はその先へ進まない。何度謝っても許してもらえない。中にはそういう相手もいるが、それでも耐えて謝らねばならない。

しかし余りにも敵がしつこいと、今度は相手を憎むことになる。するとその憎しみは相手を更に激昂させ、こうなると収拾がつかなくなる。憎しみの連鎖はどんどん膨張し、喧嘩へ、絶交へ。大仰に飛躍すれば戦争にまで発展する。元は謝り方が悪かったからであり、あるいは自分の過失を認めずに最後まで謝らずに通したからである。

謝ることは、たしかに己の面目を潰すことかもしれない。故に多くは己の非を認めず、謝ることを避けようとする。だが、謝ることはそれほど恥ずべきことなのだろうか。己に非があると認めたときには、早く謝った方が余程楽なのではあるまいか。

今回のように、自分のしたことを多分悪かったと思いながら、今更恥をかくのが嫌さにあくまで言ってないと頬かむりすること。政治家以前に人間として下の下である。恥を知れ！　と言いたい。

（2014年7月22日号）

第四の矢

アベノミクスが三本の矢を放って、景気回復に功を奏し、世間はおおむね歓迎ムードのようである。

一本目の矢＝大胆な金融政策。二本目の矢＝機動的な財政政策。三本目の矢＝民間投資を喚起する成長戦略。

いずれも、金融・財政面での施策だが、経済に興味のない僕のような愚者にとっては、この後に放たれた四番目の矢にどうしても関心の的が絞られる。第四の矢。即ち「解釈変更」、あるいは「解釈改憲」という恐い矢である。

集団的自衛権容認の閣議決定が、何だかものすごい勢いでアッという間に進んでしまったが、このことに対して最もリアルに、過敏に反応を示したのが、自衛隊父兄会、あるいは自衛隊内部の人々である。

過日、テレビで、自衛隊幹部が匿名でインタビューに応じていたが、戦地に赴いて血を流す危険が生じるなら、自衛隊を辞めたいという人が少なからず出始めているという。まして今後の自衛官応募に確実にひびくにちがいないと。その時自衛官の数が不足すれば徴兵制の登場だろう。

徴兵制を禁止した憲法18条の「その意に反する苦役に（国民を）服させられない」という条文も、「解釈変更」という第四の矢の前では、たちまち力を失うだろうし、現に石破茂幹事長は、かつてどこかで「国のために闘うことがその意に反するか」という主旨の発言をなさっていたと記憶する。

戦争を体験した世代としていうなら、戦地で血を流し、殺し殺される現実感を、果たして今の世代がどれほどリアルに持っているのか、想像できるのかということに、僕は甚だ懐疑的である。

安倍さん、石破さん、今の閣僚に、先頭に立って人を殺す覚悟があるのか。あるいは家族、子供や孫を前線に送る覚悟があるのか。徴兵制がしかれるときには、まず政治家・

議員・官僚の子孫から第一陣を選び出して欲しい。

このところ大学生や若い教員たちとしゃべる機会があって、その都度彼らに同じ質問をしている。もし今戦争が起こったとしたら、国のために闘うことのできる人。――ゾッとするほど情けない結果だが、闘うという者は5％もいない。ではどうするのか。逃げる、と答える。家族が捕まってひどい目に遭ったらどうすると問えば、謝る、許しを乞う、何とか逃がしてもらうと答える。

石破さんのおっしゃる「国のために闘うことがその意に反するか」というような議論のレベルが全く成立しないぐらい、この国の若者に国家を想う心などない。もしも徴兵制で軍隊ができたら世界最弱の軍隊ができるに違いない。

そのくせ頭でっかちな、論ばかり立つ若者を育てて来たから、徴兵制なんて言葉がとび出した途端、初めてリアルに気づいて国会をとり巻くに違いない。

国民から愛されない国を作ってしまった。これは大人が悪いのか。とすれば、そうした大人の内部に向かってこそ、第四の矢は放たれるべきである。

（2014年8月5日）

69年目の夏

終戦記念日を含んだお盆休みのこの何日か、久方ぶりにテレビの前に座り、各局の放送する終戦記念特集を、かなり丹念に深夜まで見た。今年は集団的自衛権問題が現出したせいか、例年に比べて真摯に戦争に向き合った番組が多かったように感じられたのだが。

その中で、僕の心に大きくのしかかったのは、やはり広島・原爆記念館の礎に刻まれた

〝安らかに眠って下さい
過ちは繰返しませぬから〟

というあの言葉だった。

あの文は誰に対して誓ったものなのか。

英霊を含む、あの戦争の業火の中に消えた全ての日本人、即ち先人に対する誓いであったと僕は思う。対象は亡くなった先人に対するもの。而して誓ったのは全ての日本人。戦後の、あの当時の、辛うじて生き残った日本人だけではなく、子や孫、その孫、子々孫々にいたる日本にとって普遍の、永遠の誓いであった筈だ。

そしてその誓いが永久戦争放棄という憲法第9条に刻まれた筈である。普遍とは「特殊」の対語であって、例外があってはならないことである。しかし今、戦後69年の自由の謳歌の中で、この誓い主が自らを含むものなのだということを忘れ、あの時代の人々の誓いなのだと他人事のように思っている日本人が、もしかしたらいつのまにか増えてしまっているのではあるまいか。

3年前の原発事故が早くも風化しつつあるぐらいだから、69年前のあの戦争の記憶が風化して行くのは当然かもしれない。世の高齢化は否応なくすすみ、戦争体験者はどんどんその数を減らしている。兵士の生き残り、シベリア抑留者の生き残り、満州移住者の生き残り、原爆被災者の生き残り、沖縄戦の生き残り。

そうした証言者がどんどん鬼籍に入って行く中で、実際に戦争を知らない若者（？）たちが、第百次、第千次、第万次情報によって世をリードする時代となった。ここで僕の言う若者とは、昭和20年夏以降の誕生の者を指す。

あなた方は都合の良い書籍の知識のみで、虐殺がなかったと言い切れるのか。従軍慰安婦がなかったと言い切れるのか。戦争とはそれら全てを包含するものであり、実際にあの頃の戦時下の空気、皮革と硝煙と血の匂いを嗅いだものには、そんなこと絶対になかったと言い切る傲慢はとても持てない。

戦争はケンカの大きな奴だよ。と、恩師が戦時下呟くように言った。大東亜戦争は大東亜大ゲンカ。世界大戦は世界的大でいり。人に殴られたら殴り返したいのが悲しいながら人の性である。身内がやられたら仇を討つのが悲しいながら人の性である。人一倍その気質の強い日本人が69年間戦争にまきこまれなかったというこの奇蹟は、憲法第9条という自律の掟が自らの短慮を抑えたからである。

この1点の勇気によって戦後の日本は他国から辛うじて評価され、尊敬されたのではあるまいか。この夏、僕が思ったことである。

（2014年9月9日号）

気象

長野、広島、礼文と、この夏日本はかつてない豪雨災害に見舞われた。地下の水量が飽和状態を超えて、いきなり地表の岩や森もろとも山の斜面を下流へ押し流す、いわゆる山津波のあの惨状は、東日本大震災で津波におそわれたあの情景を彷彿とさせた。日本のみならず、地球の気象に明らかな異常が起きているのを感じる。

富良野に移住した40年近く前。いきなり下の沢に鉄砲水が起こった。さほどの降水とは思っていなかった。だが山には相当の豪雨があったらしい。僕の小屋は山裾、というか山腹の斜面に立っており、直径50センチを超える自然林に覆われた沢を見下ろす傾斜地に建っている。沢は普段は10～20センチの深さの水が通年さらさらと静かに流れる実にのどかな渓流である。その沢からパイプで水を引き、僕らはその水で暮らしていた。ところがその沢が、ある夜牙を剥いた。

ゴロゴロという地鳴りの音に目をさまし、異常に気がついて表へ出ると、いきなり凄まじい激流の音とベリベリミキミキそしてドスーンという次々に樹の倒れる戦場のような音が僕の周囲を圧倒的に包み、沢への林道を2、3歩降りかけて思わずゾクッと体が震えた。30〜40㍍下にある筈の谷川が、すぐ足元まで膨らんでいたのである。

濁流はゴロゴロと上流から巨岩を運び、それが森の樹を次々に倒した。懐中電灯の小さな光が水の咆哮を凄まじく照らし、僕は大声で家族に叫んだ。あの夜の恐怖が灼きついている。

不思議に思うことが一つある。

あの頃と今では気象予報の技術が格段に進歩した。宇宙衛星から見た雲の様子。列島を覆う水蒸気の状態。雨雲の移動。細分化された細かい気象予報。それはまことにありがたいのだが、大陸や朝鮮半島から流れてくるそれらの気象の情報が、どうも日本の領土内に限られ、今北京ではどうなっているのか、ソウルでは釜山ではどうなっているのかが、今一細かく伝わって来ていない気がするのである。

赤道付近に発生した台風の情報は、沖縄に近づき本土に向かえば極めて丁寧に報道される。だがそれが沖縄から西へ向き、大陸の方へと行き先を変えると、とたんに情報は少なくなる。すなわち〝台風は西へ去った〟ということになるのである。だが、かつて我が谷をおそった豪雨の場合、いったん朝鮮半島へ去った台風が突然東へ進路を変え、北海道を急襲したものだった。

更に以前には本州を北へ向かった台風は〝北へ去りました〟という表現をされ、北の住人の怒りをかったものだが、さすがに最近それはなくなった。

だが、朝鮮も大陸も東南アジアも気象という大きな天動の下では同じ一つの流れの中にいるのだから、領土とか国境とか政治的領域で報道の量が変わってくるのは、何ともおかしいのではあるまいか。尖閣諸島や竹島は勿論、ソウルも北京もピョンヤンも気象情報で差別して欲しくない。

（2014年9月23日号）

テレビの品格

日本のテレビは一体いつからこんなに品格を落としてしまったのだろう。

昔、ＰＴＡが青少年への教育上の悪影響を憂えて俗悪番組というものを炙り出し、リストアップした時代があったが、今やもうそんなことを通り越して俗悪タレント、俗悪プロデューサー、俗悪ディレクター、俗悪テレビ局が、あたかもこの国をどこまで下げられるかと競い合うかの如く、言葉・行動・態度・礼儀、あらゆるこの国の良俗を破壊し、それを海外にまで宣伝している。初期からテレビに携わって来た放送人のはしくれとして穴があったら入りたい。

海外に出てまで我が物顔に非礼な行動をとるお笑いタレント。その悪ふざけ。それを平気で許容し、放送する局の姿勢。恥ずかしくって見ていられない。大体流行りの料理番組で、料理を喰う時、左手を使わない。極端に言えばポケットに左手を入れたまま平然と食してウマイと叫ぶ。ああいう根本的マナーも知らないタレントは料理番組に出してはいけないし、それを注意しないディレクターは料理番組に使ってはいけない。

それも外国の一流店などで平然とそれをやり、その非礼に全く気づいていない輩に日本国パスポートを渡してはならない。真の俗悪番組とはかかることをちっとも良くないと思わない、そうした風潮を青少年に知らず知らずに植えつけている番組を言う。

そも電力の枯渇が叫ばれ、脱原発から太陽光・風力・再生自然エネルギーまで、次世代のエネルギー問題が喫緊の課題として論じられている今、そうした電力の供給面のみが話題に上って、それを必要とする需要面がほとんど真剣に論じられないのはおかしい。今や需要仕分けこそ最優先の課題ではあるまいか。

深夜のコンビニは必要なのか。自販機のネオンは絶対要るのか。野放しのネットは、スマホは必要か。そしてほとんど百害あって一利ない24時間のテレビ放映は絶対この国になくてはならないものであるのか。その内容がこの国の若者に目に見えぬ悪影響を与えているというのに。放送人の一人として、こういうことを言うのは誠に忸怩たるものがあるのだが、ここまでテレビが堕ちてしまった以上、総務省あたりがこの現状を何とか真剣に考えて欲しい。

戦後69年が経って我々の暮らしは激変した。無論、豊かに輝いてきたのはよろこばしい限りだが、今立ち止まって考えるべきは、日本人の活動（行動）時間がひどく変わってしまったということである。

１９６０年代から70年代には子供は夜9時には就寝していたが、今や10時から11時まで起きている。大人はそれが更に深夜になる。日の出日の入りの時間は変わらぬから闇の時間に生活時間帯がずれてきた。その時間がエネルギー消費を増やしている。

その弊害の一つにテレビがあるなら、そしてそれが害毒をばらまくなら、テレビ中毒患者が自らスイッチを切れないなら、国家がこれを規制すべきである。

（２０１４年10月7日号）

日和見菌

吉田調書と吉田証言。

たまたま同じ吉田さんだから話はいささか複雑だが、言いかえれば片や原発問題、片や古くからの慰安婦問題。二つの問題が俎上に載せられて天下の朝日新聞がまァ叩かれること叩かれること。叩かれる理由はあったにしても、これだけマスコミが一丸となって叩くと、偏屈者の僕などは何か裏事情があるのではないかと余計なことを考えてしまう。

昔、日本の軍隊には、若い兵士が性の捌け口を求めるのは当然という暗黙の理解があり、そうした若者が病気にかかっては大変だからという配慮から軍御用達のコンドームが配られた。当時はコンドームなどという言葉はまだなく、衛生サックと称されていたが、この商品名が「突撃一番」。この命名のセンスには中々のものだと感銘したものだが、とにかくそういうものがあったのである。

かつて、未使用のまま闇に葬られたこの突撃一番の大量隠匿物を発掘して大儲けしようと企む男の話をテレビドラマでできないかと考え、企画書に書いてテレビ局に出したが、一笑に付されて没になった。昭和30年代末期のことである。この話を突然思い出したのは、朝日叩きに狂奔するマスコミ各社の営業姿勢に、「突撃一番」という勇猛な言葉を何となく想起してしまったからで、他意はない。

朝日のやったことに非がないとは言わない。だが吉田証言が虚言であったから慰安婦問題も全てなかったと断じるのはあまりにも乱暴な論の飛躍である。あったということの証明に比べ、なかったということの証明は難しい。しかしこのところのマスコミ論調を見ると、朝日の過失が糾弾されるあまり、故になかったと結論されるような、そういう誘導がなされているように感じる。そしてそのことにマスコミ操作、言論統制の微かな匂いを嗅ぐ。

マスコミの力学は天秤量りである。一方に重量がかかり過ぎると、反対側に重量をかけようという、そういう力点の移行本能が働く。判官びいきという心の動き、権力に逆らうというある種の正義感。そして何よりもマッチで火をつけ、それを消すという、火事と消火というマッチポンプのビジネスチャンス。それらにボッと火がつくと新聞のみならず、雑誌マスコミ、全員がまるで正義の徒のように突撃一番、走り出す。この現象は何とも悲しく、底にある真実を見せなくする。

少し前、どこかの新聞のコラムに、こういう記事が載っていて目を引いた。

人体の中には善玉菌と悪玉菌、二つの種類の菌があるが、実はそれ以外にもっと数多く日和見菌という菌があって、この菌は善玉菌の勢力が強いときには善玉菌に、悪玉菌の強いときには悪玉菌に変化する、というのである。この説にはいたく感心した。我が身に返って思考するに、かなりの量の日和見菌が体内にあることを自覚する。マスコミはこの日和見菌を対象に売り上げを伸ばそうと考えているのか。

（2014年10月21日号）

悲劇の風化

福島を舞台にした一つの芝居を3年がかりで書いている。だから福島へ足繁く通っている。3・11を元にした舞台だが、脱原発とか反原発とか、そういうことを訴える気はない。ただ、今福島で苦しんでいる人たち、そういう人たちの苦しみを癒したくて苦しみの実態を取材して歩いている。

つい先日は福島第一原発の免震重要棟へも入れてもらい、そこで働く方々に挨拶もした。僕がもともと原発反対の立場をとっていることは東電の人たちも当然判っておられるのだが、今あのイチエフの内部にあって、事故の収束と廃炉に向かって命を張って真摯にとり組んでいる方々に対し、部外者の僕に何が言えようか。それはあの吉田調書の中身に見られる当事者の苦悩と全く同じである。

3・11の後、僕は南相馬のいくつかの病院の看護師さんたちを徹底取材した。一方に寝たきりの入院患者がおり、一方に家族・子供たちを抱える看護師さんたちが、それぞれとるべき行動を自主判断に任せると病院がとった苦渋の決断に、3分の2の職員がパッと消えた。看護師長に断るものもほとんどなく、病人の枕元に握り飯をそっと置いて、その夜のうちに消えたというのである。

放射能の恐怖から家族を守るため、職場放棄した彼女たちの心境がいかばかりのものであったか、その内心を知りたくて近くは山形から北海道まで、消えた彼女たちを追跡調査した。彼女らのほとんどは職場に復帰したが、あの逃げてしまった何日かの心情は思い出したくもない辛いものだったと、異口同音に彼女らは訴えた。

地元紙の記者たちも苦悩していた。津波の瞬間を撮ろうとした記者。住民の誘導を懸命に行い、自身津波の犠牲となった記者。彼の首に提げたカメラには津波の写真は1枚もなかったという。それを知った時の生きた記者の号泣。

浪江・大熊・夜の森などの帰宅できない死んだ町々では、その一軒々々の窓辺からのぞいたとき、この家は建ってどのくらい住んだのか、ローンはどのくらい残っているのか、この家から子供たちはどう旅立ったのか、長押にかかった先祖たちの肖像額はかつての幸せを今どう思うのか。様々な想いが胸をしめつけ、ひとりでに涙がこみあげてきた。

こうした小さな悲しみや思いを、風化させるのはあまりに酷であると、僕は今「ノクターン」という小さな舞台に結晶させようともがいているのだが。

そのPR活動をしていると、思いもかけぬ妨害にあうことがあり、そのことが僕たちを悲しませる。原発問題には触れないで欲しい。原発という言葉を発しないで欲しい、というスポンサー、代理店からの要求である。それは電力会社そのものより、関連企業からの要求が多い。内容を聞く以前の全面拒否である。何というケツの穴の小ささか！

彼らは3・11の様々な悲劇を全てなかったと否定したいのだろうか。

（2014年11月4日号）

片仮名

突然最近気になり出したのが、日本語の片仮名についてである。

通常、僕らは平仮名で物を書くが、意図的に片仮名をさしこむことがある。外来語を表記するにはもちろん片仮名を使う。イノベーションとは書くが、いのべぇしょんとは書かない。

それとは別に、文章の中でわざと片仮名を用いるのは、そこに、ある意図、ニュアンスをこめたい時である。「あの田中さん」と表現するのと「あのタナカサン」と記すのとでは、自ずと意味が変わる。

僕の本業である脚本を書くときなど「この馬鹿！」と書けば役者は普通の馬鹿なンだなと解釈するし、「コノバカ！」と書けばそこに更なる軽蔑侮辱のニュアンスを本能的に嗅ぎとって表現する。このように日本語に二つある片仮名と平仮名にはこういう不思議な用い方がある。

そもそも学校で今、片仮名平仮名はどのような形で教えられているのかと調べたら、意外や国語の時間に教わるのではなく、「書写」という授業で教わるのだそうで、片仮名の方は小学校1年の2学期とか2年になってから。僕らの時代には片仮名が先だったし、大体「書写」なんて授業があることも知らなかったから一寸びっくりした。

どうして片仮名表現について僕が突然気になったかというと、福島のことを調べているうちに、現地の人の何人かから、福島のことをフクシマと書かれるのには抵抗があると言われたからである。ドキッとした。

たしかに僕らは今、あの原発の福島という意味で「フクシマ」という表現をつい使ってしまう。それはある意味、「ヒロシマ」という表現を、あの原爆の広島という意味で使ってしまうことに共通する。だが福島の人に言わせると、自分らのふるさとはあくまで「福島」で、「フクシマ」ではないと言うのである。この指摘には意表をつかれた。

たしかにふるさとはフルサトではなく、安達太良山はアダタラヤマとはちがう。浜通りはあくまで浜通りであってハマドーリでは故郷でなくなる。

　こんなことを書いているうちに、終戦後の東京を突然思い出した。日本が大戦で連合軍に敗れ、占領軍が日本列島にどっと流入したあの頃のことである。あの頃、東京の道路標識にローマ字の標示がいきなり溢れた。銀座はＧＩＮＺＡとなり、日本橋はＮＩＨＯＮＢＡＳＨＩ。それらのローマ字に僕らは圧倒され、敗北感に打ちひしがれて標識の下をうなだれて歩いた。

　あれから70年、ローマ字の標示こそ目立たなくなったが、それは果たして目立たなくなったのか、あまりの多さに麻痺してしまったのか、インテリ、マスコミ、政治家までが会話に外来語を多用するようになり、日本はいつのまにかニホンになってしまった。

　改めてしみじみと考える。僕の母国は、故郷は日本であり、ＪＡＰＡＮでもにほんでもニッポンでもない。そのことだけは確かである。


（２０１４年11月18日号）

馬の話

馬の姿を見なくなった。

37年前、富良野に来たとき、それでもここらにはまだ馬がいた。農耕馬。山で働く林業従事馬。古い農家さんの納屋をのぞくと、必ずなにがしかの馬具があったし、馬が曳いて使う農機具があった。したがって蹄鉄屋もまだ生きていた。三十数年でそれらが消えた。ばんえい競馬もほとんど消えた。

トラクターやブルドーザー、即ちヒトの代替エネルギーとして化石燃料が登場する以前、エネルギー源の主役は馬や牛の家畜だった。もっと元を辿れば人力、つまり人の体内にあるエネルギーのはずだったが、かしこくなった人類は疲れることを厭うようになり、可能な限りサボルことを希求し、自らの消費エネルギーをおさえる技を様々に開発して、それを便利と表現した。したがって、石油文明の時代になると、アッという間に馬が消えてしまった。

昔、馬たちは家族の一員であり、薄壁をへだてて共に暮らしていたから当然、愛情も深くなり、トラクターが入って無用になったからといって、いきなり手放すには忍びなかった。

僕も最初は馬を3頭飼っていた。もっとも、僕の場合、乗馬用だったのだが、あの大きな生き物に対する愛情は小さなペットに対する以上のものがあった。それが死んだ時、すぐに食肉加工業者が引き取りに来た。ドッグフードになるのである。農家さんたちは馬のそういう運命を知っていたから、馬を手放すことに逡巡した。しかし結局手放した。

学者によれば２００５年、地球は石油ピークを迎えたという。石油がなくなったらどうなるのか。近くの農家さんに訊いてみた。10町歩《ちょうぶ》の農地を営む50代の農家さんである。父親が80歳でまだ現役。息子が20歳過ぎで跡を継ぎかけている。しばらく考えていたが、こう答えた。

おやじだら1町歩はやるんでないかな。おやじはまず馬を飼うだろう。おやじは馬の扱いも知っとるし、第一おやじには根性がある。それに比べてオラは1町歩も無理だろう。馬の扱いもオラは知らんし、おやじのような根性もない。倅だったら半分も無理だろう。農家のくせに土日は休ませろなんて言う奴だから。ハウス――。そうか、ビニールハウスも作れんか。ビニールも石油製品だもんな。

こっちに来た当初。37年前。

目を泣きはらして訪ねて来た農家の青年が僕に言った言葉が忘れられない。

今日、馬を売ったンだ。ゆんべ、お別れに御馳走してやったから馬はうすうす察したらしい。小屋から引き出したらオラの首に自分の首をこすりつけてくるンだ。見たら大粒の涙を流しとった。家中みんな何も言えんで、泣いた。そしたら馬の奴、急に自分から首放して渡り板渡ってポコポコ、トラックに上って行った。

この馬の最後にした仕事は、雪に埋まって動けなくなった車を綱で牽引して引っぱり出したことだったそうな。

馬の写真を見る度にこの物語を思い出す。

（2014年12月2日号）

灰色コマーシャル

近頃ＢＳを観る機会が増えた。お笑いタレントが席捲する騒がしく軽薄なおふざけ番組の多い地上波に対し、ＢＳにはまだしもオヤと思わせる良番組が、しばしば登場するからである。だがそのＢＳにも疑問がある。通販番組の多さについてである。

通販番組はコマーシャルではないのか？　その疑問がいつも心の片隅にある。

放送法では「番組調和原則」というものがある。従来からテレビ放送を行っている基幹放送事業者に対し、総務省が一つの規律として設けたものである。

本来、日本民間放送連盟の放送基準によれば、番組の中での広告の時間基準について、コマーシャルの総量は、総放送時間の18％以内とする、と規定されている。

だが、キー局・BS各社の総放送時間に占める通販番組の割合は、2014年の4月から9月を例にとっても現実には各局およそ32%を占めている。実際BSにレギュラー番組を持っている僕のような立場のものからすると、1社提供でコマーシャルの融合した実に良心的な番組もある一方、どこをひねっても韓国ドラマ、旧作の再放送、そして通販番組の多さにうんざりさせられることが多い。

そもそも、一つの商品を徹底的に宣伝し、その販売に直結させる通販番組というものが、18%と規定されたコマーシャルの範疇にどうして含まれないものなのであるか。通販番組は、コマーシャルの範疇から除外されるどころか、明確にコマーシャルそのものではないのか。

テレビが放送する番組の総体、「報道」「教育」「教養」「娯楽」「通販」「その他」の中では、総務省の統計では通販番組は、いずれの局でも3%から5%しか占めていない。しかし一方、同じ総務省の統計で「キー局系BS各社の総放送時間に占める通販番組の割合」を見ると、いずれも28〜30%を占めている。つまり、地上波を除外すると、BSにおけるこの〝コマーシャル〟かどうかよく判らない、灰色のコマーシャル〟の通販番組の占有比率が極めて高い現状なのである。

衛星放送事業は、平成19年度から単年度黒字となり、累積赤字も徐々に縮小されている。現在行われていないＢＳ番組の視聴率調査も２０１５年４月からは実施されることが予定されている、と聞く。

しかし、とここで別の疑問が湧く。

視聴率調査は、全国の放送局２０５社が参加する民放連の主導により、代理店・電通の子会社らしきビデオリサーチが行っている。とすると、全てが利益団体の主導になるもので、原発の是非を電気事業連合会が主導するという構図に酷似している。これで果たして正当な判断がなされているとされて良いのだろうか。

テレビは公共のものであり、正当な判断は視聴者が下すべきものである。とすれば、ここにも第三者機関の存在がなければ、テレビは堕落の一途を辿るのではあるまいか。

（２０１５年1月13日号）

空しさの春

２０１４年の暮の総選挙は、狐につままれたような不思議なものだった。原発問題、集団的自衛権、憲法改正、沖縄問題他、山積みの筈の諸問題を措いてアベノミクスなる景気問題に焦点を絞り、今の政府を信任するかどうか。そのために６００億円だか８００億円だかの国税による金を消費する。愚者には訳が判らない。第一、この解散総選挙が国会で決まったとき、議会を埋める国会議員が全員立ち上がって万歳万歳と叫ぶ。あれは一体何がめでたくて万歳なのか。

辞書によれば、「万歳！」の意味の一つに、両手を挙げる形から〝事業に失敗すること。破産すること。進退に窮すること。おてあげ〟とあるから、その意味で彼らは万歳と叫んだのか。それにしては、みんな嬉しそうな明るい顔をしておいでだったが。

今の状態で解散総選挙をしたって与党自民党が圧勝することは愚者の目にもはっきり想像できた。対抗馬がもともといないのだから。そのタイミングでそれぞれ忙しい国民の時間を奪い、何百億円の血税を費やすというこのお祭りは、ナンセンスというより犯罪に近い。だから今回初めて選挙に行かなかった。

行かなかったのは本当に初めてである。

本当は国民の義務として投票所に行き、白票を投じるか、「該当者なし」と書いて来たかった。だがこの国の公職選挙法においては、白紙も該当者なしと書くのも無効票としてカウントされてしまうのだと聞き、空しくなって行くのをやめた。

そういう思いの国民が、僕以外にも多数いたらしい。だから憲政史上最低の投票率となった。その最低の投票率の中で、圧勝したといって、また万歳万歳。とてもつき合っていられない。その中で。

さすが我らの北海道。ならば「支持政党なしの党」というものを立候補させれば、公職選挙法でも無効票にはなるまいと考えた智恵者がいて、そういう党を立ち上げたら、何と軽く10万票を採ってしまった。後で知ったから投票できなかったが、これはなかなかの快（怪）挙である。

今度の選挙で自民党が「信任された」と思っているのなら、それはとんでもないまちがいである。更に投票率の低さの理由を、国民の政治への関心の低さと考えるなら、これまた大きな勘ちがい。国民は政治に関心があるのである。ただ、行っても無駄だから行かなかったのである。あきらめたのである。政治が空しくなってしまったのである。

空しい。あきらめる。どうでもよくなる。絶望する。これら国民に蔓延する病状を、政府はどのように考えるのだろう。政治家は国民に拡がるこの病状を本気で憂えたことがあるのだろうか。

国のために死ねるかというアンケート調査がある。自国民であることに誇りをもてるかという調査もある。双方日本人はほとんど最下位に位置している。

新春。あなたはこのことをどう考えるか。

（２０１５年1月27日号）

重量

友人の御母堂がなくなって、鳥取の生家へしばらく帰り、旧家である家の蔵の中を整理していたら、様々なものが蔵から出てきたという。おどろいたのはそれらの物品が、一つずつ古い木製のミカン箱に納められていたことで、そのミカン箱そのものの頑強さと重さに、運び出すだけで参ったらしい。

僕自身、昔からカバン、トランクの類を買い集める癖があって、それらが物置の奥の方に積まれたままになっているのだが、それを時折とり出してみると、重さのちがいに愕然とする。昔のものは断然重い。

考えてみると、物の軽量化ということは、世のスピード化と並行して文明の進歩の大きな要因であったのだなと、しみじみ考えてしまうのだが、逆に考えると、昔はこんなに重いものを動かしたり、持ったりしていたのに、今はそれらが軽くなり、いともやすやすと運べるようになった。ということは、我々の筋力がどんどん以前より衰えてくる、その要因になっている気もする。

便利とは人間の消費エネルギーを少しでも減らすことである、と僕は勝手に定義しているのだが、それは一方で人間の力を知らず知らずに衰えさせている、とも思う。

かつて和式便所がトイレの主流をなしていたころ、我々日本人は無意識のうちに1日何度となく座ったり、立ったり、即ち今でいうスクワットの行為をくり返していたのだが、洋式トイレが普及すると、以前のようなスクワットが不要となり、ためにどんどん足腰が弱くなり、恥ずかしいことだが腰の良くない小生などは最近和便所にいったんかがむと立ち上がるのが難行になり、両手で左右の壁をつっ張ったり、ひどい時には汚い床に手をついて、エイ！　と全力を奮わなければならないことすらある。情けない。

日本の相撲とりが弱くなり、モンゴル力士に圧倒されているのは、このことと関係があるのではないかと、旧知の舞の海関に訊いたことがあるが、おどろいたことに最近は相撲部屋のトイレも洋式であるそうな。国技に携わるものがこれではいけない。

重さといえば、僕が富良野に住み始めた頃は、旭川空港のカウンターに、昔なつかしい貫目秤りがあり、乗客、荷物、一々それに載せられた。当時の旭川空港は東亜国内航空1社の運航で、飛んでいるのは国産のYS11だけだったから、左右前後の重量バランスをとるために、そうやって一々重量を計り、あんたは右側あんたは左と、座席までバランスで決められたのである。

だから顔知りの空港係官に、少しお肥《ふと》りになられたようで、などとニヤリ片目をつぶられたりして、余計なお世話だ、と言い返したりした。

ともかく全てが軽くなった。容器も道具も軽くなった。おかげで我々はエネルギー消費を少なくすることができ、楽だ便利だと喜んでいるが、ついでに人間そのものの重みも気づかぬうちに軽くなった気がする。

（2015年2月10日号）

まどろむ

「まどろむ」という美しい日本語がある。漢字で書けば「微睡む」と書き、また「目蕩む」とも記すらしい。うとうとと眠る。少しの間眠る、という意味である。

夫婦共々に80歳を超え、まどろむ時間が多くなった。テレビを見ながらウトウトしている。雪を見ながらウトウトしている。深夜だというのにウトウトしている。ベッドに入って眠ればいいのに、ソファに座ったままウトウトしている。

もう眠れよと言い、ちゃんともう寝床で眠れば、と言われながら、このふしだらな睡眠の時間が何とも心地良く眠りも深く、これぞ至福の時に思われて、もうこれはこれ、これで良いのだ。

人間社会の慣習に縛られず、咎められもせず、咎めるべきでもなく眠たいときにはウトウトと眠って、それがある時醒めずに続けばそれを即ち御永眠といって、極楽往生・ハッピーエンド。故になんとも自由奔放、時に縛られずにウトウト過ごしている。

共に過ごしている唯一の愛犬が、ヒトの齢でいえば六十前後なのだが、これがまた静かなまどろみ好きの奴で何とも忠実に我々に従い、昼となく夜となく我等が足元で文句も言わずにウトウトに付き合ってくれるから、今のところ何の問題もなく原発問題もテロも忘れて高齢家族の時を過ごしている。

考えてみると、この「忘れる」というヒトの能力は人間にとって意外や重大な倖せの要因である気がしてくる。

地元に篠原綾子さんという決してもう若くない友人がいて、この方が少し前、九十数歳で他界された父親を介護した日記を本にされ、親しい周囲に配られたのだが、これが何とも微笑ましくも感動的だった。

父上はある頃から認知症にかかられ、すなわちボケが進行するのだが、彼女はそれをMP日誌として日々記録していかれるのである。MP、すなわち、まどろみパーセンテージである。

ボケはすなわち「まどろみ」である。そのまどろみの深さ度合が、日によって大きく変化する。ある日はそれが零の時もあり、またある日には突然百に近くなる時もある。日々の日誌に父上の行動や会話が記されており、最後に必ずその日のまどろみパーセンテージが記されている。

そういう老いた父を介護することは、並大抵な御苦労でないはずはなく、その実際の苦労・心情は察するに余りあることなのであるが、その、ボケというイヤな言葉を「まどろみ」という美しい日本語に平然と置き換え、ユーモアでくるんでしまったことに、篠原さんの人間の大きさ、センスの見事さを感じさせられて僕は感動してしまったのである。人間というべきか、女というべきか。あるいはヒトとしてのやさしさというべきか。

同時に「まどろむ」という何とも綺麗な日本語が、この国にはまだ少なくとも残っていること。自らウトウトとまどろみながら、いいなァとフッと考えている。

（2015年2月24日号）

倉本　聰（くらもと・そう）

昭和10年東京に生まれる。東京大学文学部美術科卒業。34年ニッポン放送入社。38年退社後、シナリオ作家として主にテレビを書く。代表作としてテレビ「前略おふくろ様」「6羽のかもめ」「北の国から」「昨日、悲別で」「失われた時の流れを」「優しい時間」「風のガーデン」他。映画「冬の華」「駅」他。著書「さらば、テレビジョン」「新テレビ事情」「北の人名録」「いつも音楽があった」「ニングル」「冬眠の森」「谷は眠っていた」「左岸より」「ゴールの情景」「愚者の旅」「富良野風話」他。全集「倉本聰コレクション」全30巻。

第17回毎日芸術賞、昭和51年度芸術選奨文部大臣賞、昭和57年第55回キネマ旬報・第36回毎日映画コンクール・第5回日本アカデミー賞各脚本賞、第4回（昭57）山本有三記念「路傍の石」文学賞、第36回（昭62）小学館文学賞、第27回ギャラクシー賞大賞、'96（平8）モンブラン・デ・ラ・キュルチュール賞、'98（平10）オメガ・アワードの各国際賞受賞。'00（平12）紫綬褒章受章。'02（平14）菊池寛賞受賞。'02（平14）向田邦子賞受賞。他。

富良野風話
日本人として

本書は『財界』に連載したものに一部加筆しました。

2015年6月16日　第1版第1刷発行

著　者　倉本　聰

発行者　村田博文
発行所　株式会社財界研究所
［住所］〒100-0014　東京都千代田区永田町2-14-3東急不動産赤坂ビル11階
［電話］03-3581-6771
［ファックス］03-3581-6777
［URL］http://www.zaikai.jp/

印刷・製本　図書印刷株式会社

ISBN 978-4-87932-107-7
定価はカバーに印刷してあります。